KB108368

문장으로 익히는 일본어

저자 김남숙

제이앤씨
Publishing Company

머리 말

★

일본어를 공부할 때 단순히 문법위주로 갈 수밖에 없는 일본어교육현장의 현실과 문제점은 누구라도 느낄 것이고, 단순한 주입식 학습이 아닌 학습자 스스로의 교육주도가 중요하다는 것은 의론의 여지가 없을 것입니다. 그러면서 역시 '언어=말' 이라는 커뮤니케이션은 학습자의 적극적인 학습동기가 있어야 하고, 교사들은 그 의지를 얼마만큼 많이 이끌어내느냐가 일본어교육 성패의 관건이라 생각됩니다. 또한 설명만 듣기만 하는 수업에서 벗어나 학생 스스로 발견하는 수업을 할 수 있도록 하기 위해서는 교재의 중요성을 간과할 수 없기에 본 교재를 발간하게 되었습니다.

본서는 일본의 신문·교양서적·작가의 수필집·명작 등에서 한국인의 정서에 알맞은 것을 발췌해서 일본어 기초를 마친 사람들이 좀 더 폭넓은 문장을 통하여 일본어를 재미있게 다양하게 배울 수 있도록 하였습니다. 우선 기본적인 문법사항은 학습자가 스스로 발견할 수 있게 하는 것을 목적으로 하였으며, 각 과의 구성은 1. 본문읽기 2. 어휘풀이 3. 연습문제 4. 쉬어가기 순으로 되어 있습니다.

1. **본문읽기** : 새로 나온 한자에는 읽는 법이 있기에, 혼자 학습하는 경우 막힘없이 읽어나갈 수 있도록 하였습니다.
2. **어휘풀이** : 본문에서 꼭 알아두어야 할 어휘, 본문에서의 중요한 어구는 스스로 찾아 볼 수 있도록 첨부하였습니다.
3. **연습문제** : 연습문제를 첨부하여 스스로 문제풀이를 통해서 본문을 확실히 이해하도록 하였고, 주관식 문제를 풀어봄으로써 정확하고 오류를 줄이도록 하였습니다. 또한 학생이 주체가 되는 수업의 장이 되도록 하였습니다.
4. **쉬어가기** : 일상생활에 도움이 되는 이야기나 정보를 쉬어가기에서 읽으면서 일본어 습득에도 도움이 되도록 하였습니다.

저자 올림

目次

문장으로 익히는 일본어

目次

'문장으로
익히는
일본어'

第01課

クリムとの出会い

クリムとの初めての出会いは、ペットショップのサイトの中でした。

その頃の私は、毎日夜中まで仕事をしたあと、寝る前にペットショップのサイトでねこの動画を見るのが、日課になっていました。ねこの動画を見ていると、「かわいいなあ」と癒され、幼い頃のミルクも思い出されて、幸せな気持になりました。

いつものようにサイトをのぞいていたある日、6月1日生まれのねこが紹介されているのをみつけました。「ミルクと同じ誕生日だ」と、動画を眺めていると、そこにはミルクそっくりの女の子が映っていました。その動きや仕草がとてもチャーミングで、一目で心を奪われました。

このとき「また、ねこと一緒に暮せたら」。素直にそう思いました。この子を迎えるということは、一生つきあうということ。1日ゆっくり考えて、でもその子のことが忘れられず、次の日にそのペットショップへ電話しました。その子は、また産まれたばかりとのこと。ショップの方と何度か連絡を取り合って、家族として迎えることを決めました。名前は、すぐに決まりました。MILKを逆さから読んでKLIM。クリム、待っててね。迎えに行くからね。

1) **복합동사** : 두 개의 동사가 합쳐져서 하나의 동사가 되는 것을 말하다. 앞의 동사는 ます形이 온다.

예 話す＋合う＝話し合う　　降る＋出す＝降り出す
読む＋直す＝読み直す　　取る＋合う＝取り合う

2) Vた後(で), V(基本形)前に : 두 가지 동작 중, 어느 동작을 먼저하고 나중에 하는지를 표현한다.
~後 앞에 오는 동사는 항상 과거형인 Vた形이어야 하고 ~前に 앞에 오는 동사는 항상 기본형(사전형)이어야 한다.

예 この薬は、ご飯を食べた後で飲みますか、食べる前に飲みますか。
昨日、学校へ行く前に、病院に行きました。
この本は鈴木さんが読んだ後で返します。

◎ ~後、~前に 연결형

동사의기본형(사전형)⇒ ~前に 명사　の	동사과거た형　⇒　~後で 명사　の

3) ~になる　~가(이) 되다, ~(어떻)게 되다

なる는 사람, 사물의 상태가　다른 상태로 바뀌는 경우에 사용한다.

◎ 연결형 い형용사 : ~くなる, な형용사, 명사 : ~になる

예 早く大人になりたい。

急に静かになりました。

このごろ寒くなりましたね。

4) 受け身(수동)　~되다, ~함을 당하다.

일본어의 수동표현은 일반적으로 타인에게서 동작이나 영향을 받았을 때와, 그 행동으로 인한 피해의 심리를 나타낼 때 쓰인다(직접수동). 특히 자동사 구문의 수동문은 피해의 감정을 강하게 표현하는 것으로, 대부분 피해를 입은 말하는 이(=나)를 주어로 해서 「(~は)~に~られる」의 수동문을 만든다. 그리고 비정의수동태는 신문보도와 같이 사실의 객관적 서술에 많이 쓰인다.

예 母に叱られました。

私はとなりの人に騒がれました。

◎ 受け身의 연결형

1류동사	어미 「う」단을 「あ」단으로 고친 후 「~~れる」를 붙인다. 買う → 買われる 行く → 行かれる 読む → 読まれる
2류동사	어미 「る」를 떼어내고 「~られる」를 붙인다. 見る → 見られる 食べる→ 食べられる
する동사	される
来る동사	来られる

5) あるN　어떤(명사), 어느(명사)

본래동사의 「있다」라는 의미는 전혀 없고 우리말의 「어떤」에 해당한다.

예　ある人 어떤 사람 / ある時 어떤 때 / ある日 어느 날 등등

6) ~と　~하자

A と B에서 A동작이 행하여질 때 이어서 곧 B동작이 일어나는 것을 표현할 때 쓰인다.

예 勉強していると、友だちが遊びに来た。

彼女は手紙を読み終わるとすぐに返事を書き始めました。

7) Vたら　~하면, ~하거든, ~한다면, ~하니까

AたらB에서 A는 가정조건문장이다. A의 우연한 결과가 B에 있다는 요소가 강하다.

◎ Vたら의 연결형

동사, 형용사 의 과거형인 「た」형에 연결된다.

예 よかったら一緒に行きませんか。

この仕事が終わったら少しやすみましょう。

8) Vたばかり　~(한)지 얼마 안되었다는 것을 말하지만 어제라든가 몇 분 전같이 아주 가까운 과거의 일에도 쓰인다.

◎ 동사과거 「た」형 + ばかり

예 この店はできたばかりです。

山田さんは、先月結婚したばかりです。

この単語は、昨日習ったばかりです。

単語

初(はじ)めて	처음으로, 비로서	そっくり	빼닮은
出会(であ)い	만남	動(うご)き	움직임
毎日(まいにち)	매일	仕草(しぐさ)	동작, 하는 짓
夜中(よなか)	한밤중	チャーミング	차밍
仕事(しごと)	일, 업무	一目(ひとめ)	한눈에
ペットショップ	애완동물가게	奪(うば)う	빼앗다, 사로잡다
動画(どうが)	동영상	素直(すなお)	순진함, 순박함
日課(にっか)	일과	迎(むか)える	맞이하다, 맞아들이다
癒(いや)す	(병·허기·번민·고통 등) 낫게 하다, 치료하다, 가시게 하다	ゆっくり	천천히, 느긋하게
幼(おさな)い	어리다	忘(わす)れられず	잊을 수 없어서
幸(しあわ)せな	행복한	次(つぎ)の日(ひ)	다음날

産(う)まれる	태어나다, 출생하다	逆(さか)さ	반대, 거꾸로 됨
(~た)ばかり	막…한	迎(むか)えに行(い)く	맞이하러 가다

第02課

新しい家族ができました

連れて帰ってきたクリムは、びっくりするほど小さくて、ミルクがわが家にきたときの半分もありません。初めてクリムを見たとき、二人して「ちっちゃい」と、呟いたほど。だん

なさんの手(て)のひらにもすっぽりと納(おさ)まります。抱(だ)きかかえると、長旅(ながたび)で疲(つか)れていたのか、そのまま5時間(じかん)も眠(ねむ)ってしまいました。手(て)のしびれも寝顔(ねがお)を見(み)ていると癒(いや)されます。今日(きょう)からここが君(きみ)の家(うち)だよ。よろしくね。

1) ～も　ありません(否定)

① 의문사も의 형태로「전부」의 의미를 나타내는데 뒤에는 반드시 부정이 와야 한다.

예 机の上には何もありません。
部屋の中には誰もいません。

②「一」을 나타내는 단어와 연결되어「전혀 ~하지않다」라는 의미를 나타낸다. 뒤에 반드시 부정이 와야 한다.

예 教室には学生は一人もいません。
あそこには一度も行ったことがありません。

③「も」다음에 긍정이 올 때 의외로 많다는 마음을 표현한다.

예 駅から家まで五分もかかります。
スカートを二枚も買いました。

びっくり する	깜짝 놀라다	すっぽり	푹 뒤집어 쓴 모양, 푹
~ほど	~만큼	納(おさ)まる	들어가다
わが家(や)	우리 집	抱(だ)きかかえる	껴안는다, 덥석 안다
半分(はんぶん)	절반	長旅(ながたび)	긴 여행
呟(つぶや)く	중얼거리다	しびれ	저림, 마비
手(て)のひら	손바닥	寝顔(ねがお)	잠자는 얼굴

第03課

潜り込むのが好き

何かに入りたいのは、ねこの習性でしょうか？ミルクも、潜り込むのが好きでした。クリムも大好き。紙袋でもビニール袋でも、おかまいなしです。段ボール箱は、

もっと好きです。荷物が届いて中身を出したとたん、もう入っている。収納ケースの中にまで入るので、わが家の虫除けは、ハーブのものが定番です。

友だちが持ってきた袋にも入り込んで、「持って帰るよ！」なんて言われる始末。仕事で旅に出る荷物を作っているときにも、たとえ眠くなっても必死に起きていて、段ボール箱のそばから離れようとしません。ちょっと何かを取りに行ったら、その隙に中に入って気持良さそうに寝ていたり…。「そのまま連れて行きたいな」なんて思いながら、すぐに追い出すのもかわいそうなので、私も一休み。

布巻きハンガーを作っている間に、ハギレが入ったビニール袋にすっぽり入ってしまったこともあります。出そうとしても足を突っ張って出てくれません。仕方がないので放っておいたら、手が抜けなくなったらしく、そのまま眠ってしまいました。その高いびきには脱力してしまいますが(笑)、寝顔を見ながらハンガーを作り終えて、目が覚めてから出してあげました。

文法

1) ｖたとたん

동사 과거「た」형에 とたん이 이어질 때는「마침 그때」라는 의미를 나타낸다.

예 家を出ようとしたとたん、電話がかかってきました。

「、」대신 조사「に」를 써서

家を出ようとしたとたんに電話がかかってきました。라고도 할 수 있다.

2) もう　벌써

3) ｖ(意志形)とする　~(하)려고 한다.

V의 의지형은 자신의 의지를 나타내는 표현으로 ~겠다, ~해야지 이다.

ｖ(意志形)とする는 의지・결의를 나타낸다.

예 試験勉強をしようとした時、母から呼ばれました。

お風呂に入ろうとした時、電話のベルがならした。

③「も」다음에 긍정이 올 때 의외로 많다는 마음을 표현한다.

예 駅から家まで五分もかかります。

スカートを二枚も買いました。

4) らしい

① 말하는 이가 말하고자 하는 대상이나 어떤 상황에서의 판단을 표현하는 경우와 전문을 나타낼 때도 쓰인다. - 조동사 ~인거 같다

예 この辺は夜は静からしいです。

集まったのは学生はいなく、先生だけらしいです。

あの人は学生らしいです。저 아이는 학생인거 같습니다.

② 명사에 이어져서 그 명사의 전형적인 성질을 가졌음을 표현한다.
- 접미어 ~답다

예 僕は男らしい男になりたいです。난 남자다운 남자가 되고 싶습니다.

あの人は学生らしいです。저 아이는 학생답습니다.

◎ らしい는 い형용사와 똑같은 활용을 한다.

-らしい　-らしくない　-らしかった　-らしくかった　-らしくて

5) vてしまう　~(해)버리다

① 어떤 일을 완수하였다는 의미로 쓰인다.

예 徹夜(てつや)してこの本(ほん)を全部(ぜんぶ)読(よ)んでしまいました。

お腹(なか)がすいていましたから、全部(ぜんぶ)食(た)べてしまいました。

② 어떤 동작이나 작용의 결과가 의도와는 달리 유감스러움을 표현할 때 쓰인다.

예 試合(しあい)に負(ま)けてしまいました。

道(みち)でころんでしまいました。

潜(もぐ)り込(こ)む	기어들어가다	収納(しゅうのう)	수납
習性(しゅうせい)	습성	虫除(むしよ)け	방충제
大好(だいす)き	매우 좋아함	ハーブ	허브
紙袋(かみぶくろ)	종이봉지	定番(ていばん)	기본형상품
ビニール袋(ぶくろ)	비닐봉지	始末(しまつ)	경위, 자초지종
おかまいなし	개의치않음, 신경안씀	旅(たび)に出(で)る	여행을 떠나다
段(だん)ボール箱(ばこ)	골판지상자	たとえ~ても	설령~라도
荷物(にもつ)	짐	必死(ひっし)	필사
届(とど)く	도달하다	隙(すき)	빈틈, 틈
中身(なかみ)	속에 든 것, 내용물	気持(きも)ち	기분
(~た)とたん	~하자마자	良(よ)さそうに	좋은 듯이

追い出す(おいだす)	쫓아내다	放つ(はなつ)	놓아주다
一休み(ひとやすみ)	잠깐 쉼	抜ける(ぬける)	빠지다
布巻きハンガー(ぬのまきハンガー)	헝겊으로 싼 옷걸이	脱力(だつりょく)	몸에 힘이 빠짐
突っ張る(つっぱる)	내버티다	笑い(わらい)	웃음
仕方がない(しかたがない)	할 수 없다	目が覚める(めがさめる)	잠이 깨다

‘문장으로 익히는 일본어’

第04課

エプロンのひもには目がないクリム

キッチン脇の壁のフックから私がエプロンをとろうとすると、いつの間にかクリムがそばにいます。

「やっぱりきたね」なんて思いながら、いつものようにエプロンに首を通すと、どこまでも追いかけてきて、ひもを結ばせまいと大騒ぎ。

ひらひら揺れるエプロンのひもは、クリムにとっては格好の遊び相手なんです。

「ダメだよ」って、私が逃げたら、かまってくれてると勘違いするらしく、さらにエスカレート。

それから、エプロンによじのぼって、なんとかして結ぶのを阻止しようと必死になります。

そんなわけで、家の麻のエプロンは、クリムの爪跡だらけです。

「麻じゃなかったら、やぶれてるよ、クリム。」

そんなこと言っても、聞いてないと思いますが……

きれいにリボン結びをしても、ほどいてしまうので、最近はもっぱらかた結び。

なかなかひもがほどけなくて、ウインクしながらがんばってほどこうとするクリムの顔も、本当にお茶目でかわいいです。

文法

1) vまい　①~하지 않을 것이다, ~하지 않을(없을) 것이 틀림없다.

②~하지 않기로 하겠다, ~아니할 작정이다.

①의 경우는 부정의 추량을 나타낸다.

예　まさかあのチームには負(ま)けるまい。

明日(あした)は雨(あめ)は降(ふ)るまい。

②의 경우는 말하는 이의 부정의 의지를 나타낸다.

예　あんなところには二度(にど)と行(い)くまい。

私(わたし)はもう、あなたに何(なに)も言(い)うますまい。

◎ 연결형은 동사의 「기본형」이나 「ます」다음에도 이어진다.

예　試合(しあい)に負(ま)けてしまいました。

道(みち)でころんでしまいました。

2) 可能動詞(かのうどうし)　~를 할 수 있다

◎ 가능동사의 연결형

1류동사	어미 「う」단이 「え」단으로 바뀌고 + る 会う→会える　　書く→書ける 出す→出せる　　読む→読める
2류동사	어미를 「る」떼어내고 + られる 食べる→食べられる　　寝る→寝られる 借りる→借りられる　　起きる→起きられる
する	できる
来る	来られる

※ 동사기본형+ことができる와 의미는 똑같으나, 가능동사는 회화체에서 많이 쓴다.

예 日本語を話すことができますか。 = 日本語が話せますか。

사람의 의지와는 관계없는 困る/悩む/病気になる 등의 동사는 가능동사가 될 수 없다.

エプロン	앞치마	結(むす)ばせまい	묶지 못하게 하다
ひも	끈	大騒(おおさわ)ぎ	큰소동
目(め)がない	사족을 못쓰다	ひらひら	팔랑팔랑
キッチン	부엌	～にとって	~에 있어서
脇(わき)	옆	格好(かっこう)	모양, 겉모습
壁(かべ)	벽	相手(あいて)	상대
フック	후크	～って	~라고
いつの間(ま)にか	어느 사이엔가	かまってくれてる	마음쓰다, 보살피다
いつものように	언제나처럼	勘違(かんちが)い	착각, 오해
首(くび)	목	エスカレート	에스컬레이터
通(とお)す	통과하다	よじのぼる	기어오르다

なんとかして	어떻게 해서든	ほどく	풀다
阻止(そし)	저지	最近(さいきん)	최근
必死(ひっし)	필사	もっぱら	오로지
麻(あさ)	마	かた結(むす)び	한쪽만 묶은 것 (리본의 모습이 한쪽으로만 나와있는 모습)
爪跡(つめあと)	손톱자국	茶目(ちゃめ)	장난기
~だらけ	~투성이		

第05課

くいしんぼう

クリムは本当にくいしんぼう。クリムをペットショップに迎えに行ったときのことです。17時半のごはんの時間になると、ペットたちが一斉に鳴きはじました。びっくり

するくらい大合唱で、話し声も聞こえないほど。そのときの記憶が残っているのか、クリムはごはんの準備が待てません。私がごはんを作り出すと、準備しているそばから顔を突っ込んで食べはじめます。おやつにかつお節をあげようとしたときも、器を置いた瞬間に首を突っ込んで、クリムの頭にこんもりかつお節の山ができました。取ってあげようとするのだけれど、クリムは周りに落ちてしまったかつお節を食べるのに夢中で、気にも留めない様子。そのあと、ぶるぶると頭を振って、そこら中に飛び散ったかつお節を必死に食べはじめました。「あー、掃除が大変だよ。」

何でも食べてしまうクリム。ミルクは、キャットフード以外は食べませんでした。ある日、めかぶを開けたまま電話をしていたら、容器の中身がツルツルに。まさかこんな物まで食べてしまうとは。クリムには、油断大敵です。でも、納豆はさすがに苦手のようです(笑)。

内田あやの

「ミルクとまいにち」에서

文法

1) 복합동사 중 자주 사용되는 표현

v(ます形)はじめる　~하기 시작하다

예　日本語を習い始めました。

v(ます形)はじまる　~하기 시작되다

예　ベルがなりはじまりました。

v(ます+形)続く　계속 ~하다

예　彼女は二時間も話し続けました。

v(ます形)終わる　다 ~하다

예　あまりおもしろくて、一晩で全部読み終わりました。

2) vたまま　~(한)채로

「~의 상태를 바꾸지 않고」라는 뜻을 나타낸다.

◎ 동사 과거 た형+まま

명사+の+まま

예　夕べ窓を開けたまま寝て、風邪をひきました。

この野菜は、生のままで食べられます。

3) ～に夢中(むちゅう) ～에 열중하다, 몰두하다, ～에 빠져있다.

주의할 점은 夢中(むちゅう)앞에 오는 명사에 꼭 조사「に」를 사용해야한다.

예 今(いま)、田中君(たなかくん)はソニョシデに夢中(むちゅう)ですよ。

野球(やきゅう)に夢中(むちゅう)です。

くいしんぼう	먹보	こんもり	봉긋하게
一斉(いっせい)	일제히	周(まわ)り	둘레, 주의
大合唱(だいがっしょう)	대합창	夢中(むちゅう)	열중함
話(はな)し声(ごえ)	이야기소리	氣(き)にも留(とど)めない	마음에도 두지 않다
記憶(きおく)	기억	様子(ようす)	모습
準備(じゅんび)	준비	ぶるぶる	부들부들
突(つ)っ込(こ)む	돌진하다	振(ふ)る	흔들다
おやつ	간식	そこら	그 근처
かつお節(ぶし)	가쯔오부시 (가다랑어)	掃除(そうじ)	청소
器(うつわ)	그릇	大変(たいへん)	고생이 많은, 힘든
瞬間(しゅんかん)	순간	キャットフード	캣 푸드

以外(いがい)	이외	まさか	설마
ある日(ひ)	어느 날	油断大敵(ゆだんたいてき)	방심은 금물
めかぶ	해초이름	納豆(なっとう)	낫토우(식품명)
(~た)まま	~한 채로	さすがに	과연
容器(ようき)	용기	苦手(にがて)	다루기 힘든, 거북스러운, 싫은
ツルツル	매끈매끈		

第06課

あなたの異性を惹きつける魅力をチェック！

問題

「ギャー!!」キャンプで調理中、うっかり食材を川に流してしまったあなた。

いったいどうしますか？

ⓐ わけを話して他の人から食材を分けてもらう。

ⓑ あきらめて寝る 。

ⓒ 釣りをするなど自分で食材を調達する。

ⓓ ちゃっかり、どこかの夕食にお邪魔する 。

フロイトいわく「食欲」と「愛」は表裏。その「食」を妨害されたとき、人は愛における本性も露呈します。

ⓐ わけを話して他の人から食材を分けてもらう。

アクシデントの中にあってもちゃんと状況を説明し、最低限の助けを得ようとしたあなたは、異性にとってもクールさが印象的。冷静さ、誠実さが魅力になる人。アピールしたい人の前では、大人っぽく！

ⓑ あきらめて寝る。

あっさり撤退を決めたあなたは、愛においても当然ドライ。ベタベタした関係は好みません。そんなあなたは、異性にとってつかみどころのなさが魅力になるタイプ。好きな人の前では、極力いろいろな顔を見せましょう！

ⓒ 釣りをするなど自分で食材を調達する。

アクシデントも自力で乗り越えようとしたあなたは、異性にとっても頼りがいが魅力になるタイプ。笑顔で頑張る姿は、とても輝いて映るでしょう。そのうえで、ときどき見せるドジな姿は、異性のハートをクギヅケに！

ⓓ ちゃっかり、どこかの夕食にお邪魔する。

最もお手軽な手段を選択したあなたは、何事においても悩めない要領のよさを発揮。異性には、そんなところがすごくキュートに映りそう。好きな人には遠慮なく甘えていきましょう。あなたのお願いは愛のフレーズです。

1) vて＋もらう　~해 받다

vて＋あげる　~해 주다

vて＋くれる　~해 주다

① あげる(주다) / **겸양어** さしあげる(드리다) / やる(주다)

[주는사람] は/が [받는사람] に [물건] を さしあげます。
あげます。
やります。

여기에서 [받는사람] 은 「내가 속한 집단」인 경우에만 사용하지 않는다.

「Vてあげる」도 마찬가지이다. 상대를 위해 하는 행위표현이다. 단 업무상의 당연한 행위나 상대가 윗사람인 경우에는 사용하지 않은 것이 좋다.

제 3자간에도 사용할 수 있다.

- 田中씨는 나에게 선물을 주었습니다.

田中さんは私にプレゼントを あげました。(×)
田中さんは 私にプレゼントを くれました。(○)

- 田中씨는 내 동생에게 선물을 주었습니다.

  田中さんは私の弟にプレゼントを あげました。(×)
  田中さんは私の弟にプレゼントを くれました。(○)

さしあげる는 윗사람에게, やる는 동식물이나 자신의 가족, 손아래사람, 자신의 가족이 한일을 가족이외인 사람에게 말할 때 쓰인다.

私は恵子さんにケーキをあげました。
林さんはお正月にお子さんにお年玉をあげますか。
これは先生にさしあげようと思って買いました。
花に 水を やるのを 忘れないでね。

② もらう(받다) / 겸양어 いただく(받다)

받는사람 は/が 주는사람 から/に 물건 を もらいます。
いただきます。

여기에서도 주는사람 이 「내가 속한 집단」인 경우에 **사용하지 않는다.**

「～Vて もらう」도 마찬가지다. 다른 사람에게 친절한 행위를 받았을 때 사용한다.

- 나는 나까야마씨에게 선물을 주었습니다.
  私は中山さんにプレゼントをあげました。(○)
  中山さんは私に(から)プレゼントをもらいました。(×)

- 내 동생은 당신에게 선물을 주었습니까?
  私の弟はあなたにプレゼントをあげましたか。(○)
  あなたは 私の弟にプレゼントをもらいましたか。(×)

주는사람 에게 연결되는 조사는 **に/から 모두 사용**한다. 그러나 주는 쪽이 사람이 아닌 경우에는(회사, 단체 등) **「から」**를 쓴다.

- 난 회사로부터 10만엔을 받았습니다.
  私は会社**から**10万円 もらいました。(○)
  私は会社に10万円 もらいました。(×)

- 妹は 誕生日にボーイフレンドからマフラを もらいました。
  友達にこれをもらいました。
  あら、このバック、 だれからもらったんですか。

いただくは [주는사람] 이 **윗사람인 경우**에 사용한다.

もう いっぱい お茶を いただきたいんですが。
この本を いただきます。 いくらですか。
これ、 先生から いただいた 本なんですよ。

※ 일본어는 우리말과 달라서 항상 자기입장에서 말을 한다. 그래서 위의 문장의 경우 くれる를 사용해도 틀린 문장은 아니지만 어색하게 들린다.

③ くれる주다 / 존경어くださる주시다

[주는사람] は/が [받는사람] に [물건] を くれます。
くださいます。

[주는사람] 이「내가 속한 집단」이어서는 안 되고 [받는사람] 은 보통「내가 속한 집단」에만 해당한다.「Vてくれる」도 마찬가지이다. 상대가 해준 행위가 감사하지 않을 경우에는 수동형을 사용한다.

田中さんは 山田さんにプレゼントをくれました。(×)
田中さんは私にプレゼントをくれました。(○)
田中さんは私の弟にプレゼントを くれました。(○)

「くださる」는 **주는사람** 이 **윗사람**인 경우에 쓰인다.

この鏡は田中さんが旅行のおみやげにくれたものです。
姉が風邪をひいて映画を見に行けなくなって私にその切符をくれました。
これは大学入学いわいに 先生が くださった 辞書です。
田中さんは二人で映画に行きましょうと言ってこの切符をくださいました。

2) など ~같은 것

비슷한 것 중에서 특히 하나만을 예로 들어서 말하는 경우에 쓰인다. 또 그것을 확실하게 말하지 않고 막연하게 말하는 경우에도 쓰인다. 겸손의 뜻도 있다.

예 あまり家(いえ)の中(なか)にいないで、たまには公園(こうえん)などへ散歩(さんぽ)に行(い)った方(ほう)がいい。
私(わたし)などは絶対(ぜったい)できなかったと思(おも)います。

3) ~にとって ~에 있어서, ~에 관해서, ~로서, ~에 있어서

명사にとって 의 형태로 특히 그 경우만을 생각해서 말할 때 쓰인다.

예 それは私にとって興味のあることです。

子供の教育にとって一番大切なことはなんでしょう。

4) い・な形容詞어간＋さ

い・な形容詞어간에 이어져서 성질, 상태, 정도 등의 속성자체의 뜻을 나타내는 명사가 된다.

高い→高さ　　甘い→甘さ　　つらい→つらさ　　親切→親切さ

예 あの山の高さは何メートルですか。

あなたに留学生のつらさが分かりますか。

異性(いせい)	이성	ちゃっかり	약삭빠르게
惹(ひ)きつける	끌어당기다	お邪魔(じゃま)する	방해하다
魅力(みりょく)	매력	フロイト	프로이드
チェック	체크	いわく	왈
キャンプ	캠프	食欲(しょくよく)	식욕
調理中(ちょうりちゅう)	조리중	愛(あい)	사랑
うっかり	깜빡	表裏(ひょうり)	표리, 겉과 안
食材(しょくざい)	식재료	妨害(ぼうがい)	방해
川(かわ)	강	本性(ほんしょう)	본성
釣(つ)り	낚시	露呈(ろてい)	드러남, 드러냄
調達(ちょうたつ)	조달	アクシデント	사건, accident

ちゃんと	확실히	アピール	어필
状況(じょうきょう)	상황	大人(おとな)っぽく	어른스럽게
説明(せつめい)	설명	あっさり	산뜻하게, 담백하게
最低限(さいていげん)	최저한계	撤退(てったい)を	철저함의 정도
助(たす)け	도움	当然(とうぜん)	당연
異性(いせい)	이성	ドライ	드라이한
~にとっても	~에 있어서	関係(かんけい)	관계
クールさ	쿨함의 정도	つかみどころ	요점, 요령
印象的(いんしょうてき)	인상적	極力(きょくりょく)	힘껏
冷静(れいせい)さ	냉정함의 정도	自力(じりき)	자력
誠実(せいじつ)さ	현실적인 것의 정도	頼(たよ)りがい	의지할만한

笑顔(えがお)	웃는 얼굴	お手軽(てがる)な	손쉬운, 간편한
頑張(がんば)る	분발하다	手段(しゅだん)	수단
姿(すがた)	모습	選択(せんたく)	선택
輝(かがや)いて	빛나서	何事(なにごと)	무슨 일이든
映(うつ)る	비치다	～において	～에 있어서
ベタベタ	끈적끈적, 어리광 부리며, 찰싹 달라붙는	要領(ようりょう)	요령
そのうえで	게다가, 더구나	よさ	좋은 정도
ドジな	얼빠진듯한 (자주 실수를 많이 하는 것을 말함)	発揮(はっき)	발휘
姿(すがた)	모습	すごく	대단히
クギヅケに！	못 받아 고정시키다	キュートに	큐트하게(귀엽게)
最(もっと)も	가장	遠慮(えんりょ)なく	사양(하는일)없이

甘(あま)える	호의나 친절을 사양 않고 이용하다	フレーズ	phrase, 구, 관용구

'문장으로 익히는 일본어'

第07課

バッチ

先日、友人四人で結成した『くいしんぼう同盟』で、会員バッチを作った。

わざわざそんなバッチを作ったもののそれをつけて歩く

機械もないので、４人とも、机の中にしまいっぱなしになっている。

定食屋

久しぶりに定食屋に行ったらものすごくいっぱいメニューがあり

どれにしようか　さんざん悩み結局ヒレカツ定食にしてしまった。

いっつも結局ヒレカツにしてしまう。たとえどんなにたくさんメニューがあっても。

おやゆび姫

息子がTVで　おやゆび姫を見て「おかあさん、ああいう小さくて可愛い女の子をほしいよ。買って」とせがんだ。

あんなにカワイイものが売っていたら 私だってとっくに買っている。

文法

1) vたものの

조사ものの는 두 개의 문장을 연결할 때 앞의 문장이 사실이라는 전제하에 뒤의 문장이 평소라면 그렇게 되지 않는다고 생각하는 것이 온다.

◎ 동사과거 た형에 연결된다.

예 買(か)い物(もの)に行(い)ったものの、あまり高(たか)くて、買(か)うのをやめた。

2) ーぱなし

그대로 놔두는 뜻으로 쓰이거나 그 상태가 계속되는 뜻에 쓰인다.

◎ 동사ます형에 촉음っ를 붙이고 ぱなし를 이어 쓴다.

예 寒(さむ)いのに、窓(まど)を開(あ)けっ放(ぱな)しにして。

今年(ことし)の試合(しあい)は勝(か)ちっ放(ぱな)しだ。

バッチ	뱃지	定食屋(ていしょくや)	정식만 파는 음식점 (코스요리인 정식이 아닌 우동정식, 돈까스정식 같은 것만 파는 음식점을 말한다)
先日(せんじつ)	지난 달	メニュー	메뉴
友人(ゆうじん)	친구	さんざん	꼴사납게, 호된 모양
四人(よにん)	네 명	悩(なや)み	고민
結成(けっせい)	결성	結局(けっきょく)	결국
くいしんぼう	먹보	ヒレカツ	히레까스
同盟(どうめい)	동맹	たとえ	가령, 예를 들어
会員(かいいん)	회원	どんなに~ても	아무리 ~해도
わざわざ	특별히, 일부러	おやゆび姫(ひめ)	엄지공주
機械(きかい)	기계	息子(むすこ)	아들

ああいう	저런	せがんだ	せがむ의 た형 조르다
可愛い(かわいい)	귀여운	机(つくえ)の中(なか)にしまいっぱなし	책상에 넣어 둔 채로

‘문장으로 익히는 일본어’

つなぎ言葉

「また」「そして」「しかし」のように、言葉と言葉、文と文をつなぐ言葉を「つなぎ言葉」と言ったり、「接続詞」と言ったりします。つなぎ言葉は、文章にすじを通すために

使われます。

いろいろな役割のつなぎ言葉があるので紹介しましょう。

★ 前に言ったことを理由にして後のことを述べたいとき

→ だから・そこで

★ 後の文が前の文で述べたことと逆の意味になるとき

→ しかし・だが

★ 前のことがらにつけ加えたいとき

→ そして・また

★ 前のことがらについて説明したいとき

→ つまり・すなわち・なぜなら

★ どちらかを選びたいとき

→ あるいは・それとも

★ 話題を変えたいとき

→ ところで・さて

悪い例：私は、犬にかまれたことがあります。しかし、今でも犬を見るとこわくて、近よることができません。

よい例：私は、犬にかまれたことがあります。だから、今でも犬を見るとこわくて、近よることができません。

コメント

「しかし」は、前で述べたことと逆のことを言うときに使います。

ここでは、犬がこわい理由として、かまれたことを前に言っています。この場合は、「だから」がぴったりです。

悪い例：私は、ネコにひっかかれたことがあります。そこで、今では動物が大好きで獣医さんになるのが夢です。

よい例：私は、ネコにひっかかれたことがあります。しかし、今では動物が大好きで獣医さんになるのが夢です。

コメント

「そこで」は、前に言ったことを理由にして後のことを述べるときに使います。この文では、ネコにひっかかれたけれども、今では動物が好き、と言うので、逆のことを「しかし」が入ります。

文法

1) Vたり、Vたりする

① ~하거나, ~하거나 한다. 여러 가지 일 중, 두 세가지 열거할 때 사용한다.

예 日曜日には、本を読んだりテレビを見たりします。

② ~하기도 하고 ~하기도 하다.

예 家の掃除は父がしたり母がしたり私がしたりします。

③ ~했다가, ~했다가 한다.

예 今日はひまで、一日中寝たり起きたりしました。

※ 반드시 뒤에 동사する가 와야 한다.

つなぎ言葉(ことば)	접속어	理由(りゆう)	이유
また	또	だから	그래서
そして	그리고	そこで	그래서, 그런데
しかし	그러나	しかし	그러나
言葉(ことば)	단어	だが	하지만
文(ぶん)	문장	ことがら	사항
接続詞(せつぞくし)	접속사	つまり	즉
すじ	줄거리	すなわち	즉
通(とお)す	통하다	なぜなら	왜냐하면
~ために	~를 위해서	あるいは	또는
役割(やくわり)	역할	それとも	아니면, 그렇지 않으면

話題(わだい)	화두	ぴったり	딱, 꼭(알맞는 모양)
ところで	그러네	動物(どうぶつ)	동물
さて	자, 이제	獣医(じゅうい)さん	수의사
犬(いぬ)	개		

第09課

あなたにピッタリの恋人

問題

かわいい制服を夢見て遊園地のバイトを選んだあなた。渡されたのはダサダサの着ぐるみ……どうする？

ⓐ 開き直って頑張る！
ⓑ 着るけれどテンションはダウン
ⓒ 絶対担当をかえてもらう！
ⓓ 仮病で早退！

恋とファッションは、ある意味、同じジャンルに位置するもの。イヤなものを着るかどうかで、恋人像を診断！

ⓐ 開き直って頑張る！
見かけはタフに見られがちですが、実は誰かに「甘えたい」、「わかってもらいたい」気持ちの強いあなた。だから、言わなくても理解しあえる共通点の多い人か、「ついて来い！」と言うタイプの頼れる相手がピッタリ。

ⓑ 着るけれどテンションはダウン
一見従順そうだけど、実は好き嫌いが激しいなど、自分の感性最優先するわがままタイプのあなた。ダ

メなことは「ダメ！」と叱ってくれるしっかり者か、逆に、何でも言うことを聞いてくれる甘いタイプがおすすめ。

ⓒ 絶対担当をかえてもらう！

自分気持ちを最後まで貫くタイプのあなたは、恋においても感情に流されることなく、きちんと相手と向き合いたいはず。そんなあなたには、何よりも尊敬できるところを持っている人、誠実な人がイチオシ。

ⓓ 仮病で早退！

ちゃっかり嫌なことはパスしたあなたは、恋においても面倒なことはパスしたい人。だから、お相手は、一緒にいて楽しい人が第一条件になりそうです。同じ趣味を持つ人、ベタベタした関係を求めない人を要チェック！

文法

1) v(ます形)がち　~할 경향이 있다, 자주 …하다, …에 치우치다

예 冬になると青い野菜が不足しがちです。

忘れがちだ。

명사에도 연결 된다.

예 うちの子は赤ん坊の時から病気がちです。

2) 様態そう　~인 것 같다, ~할 것 같다

① 말하는 이가 눈으로 보고 느낀 것을 말할 때 사용한다.

예 このりんごおいしそうですね。

この頃忙しそうですね。

② 말하는 이가 직접 본 상황이나 이상에 대해 말할 때와 어떤 상태를 보고 무슨 일이 일어날 것 같다고 생각할 때 사용한다.

예 空を見ると雨が降りそうです。

このボタンすぐにでもとれそうです。

③ 말하는 이의 판단이나 추측, 예감을 나타낼 때도 쓰인다.

예 私のチームはこの試合には勝てそうもありません。

◎ 연결형

동사ます형+そうだ, い형용사어간+そうだ, な형용사+そうだ

※ いい→よさそう, ない→なさそう가 되며, 명사에는 연결되지 않는다.

3) 命令形(めいれいけい)

여기에서의 명령형은 주로 강하게 명령할 때나 또는 친밀체로 친한 상대에게 사용한다.

◎ 연결형

1류동사	어미 「う」단이 「え」단으로 바뀐다. 会(あ)う→会(あ)え　書(か)く→書(か)け　話(はな)す→話(はな)せ　待(ま)つ→待(ま)て
2류동사	어미 「る」가 「ろ」로 바뀐다
する	しろ　せ
来(く)る	来(こ)い

부정형의 명령형은 동사 기본형+な이다.

行(い)く→行(い)くな　　とめる→とめるな

言(い)う→言(い)うな　　入(はい)る→入(はい)るな

ピッタリ	딱, 꼭(알맞는 모양)	絶対(ぜったい)	절대
恋人(こいびと)	애인	担当(たんとう)	담당
制服(せいふく)	제복	仮病(かびょう)	꾀병
夢見(ゆめみ)て	꿈꾸고	早退(そうたい)	조퇴
遊園地(ゆうえんち)	유원지	ファッション	패션
バイト	아르바이트	ジャンル	장르
ダサダサ	촌스러운 ダサイ(유행 지난, 촌스런)에서 나온 말	恋人像(こいびとぞう)	애인상
着(き)ぐるみ	사람이 입는 인형복장	診断(しんだん)	진단
頑張(がんば)る	분발하다	見(み)かけ	외관, 겉모습
テンション	텐션, 정신적 긴장 또는	タフ	tough, 터프
ダウン	저하	見(み)られがち	보이기 쉬운

理解(りかい)しあえる	서로 이해하는	最後(さいご)	최후
共通点(きょうつうてん)	공통점	貫(つらぬ)く	관통하다, 꿰뚫다
頼(たよ)れる	의지할 수 있다	感情(かんじょう)	감정
一見(いっけん)	언뜻	きちんと	정연하게, 깔끔하게
従順(じゅうじゅん)	순종	向(む)き合(あ)う	마주 보다, 마주 대하다
好(す)き嫌(ぎら)い	싫고 좋음	はず	~할 작정
激(はげ)しい	과격하다, 격하다	尊敬(そんけい)	존경
感性(かんせい)	감성	誠実(せいじつ)	성실
最優先(さいゆうせん)	최우선	ちゃっかり	빈틈없이, 아무지게
わがまま	제멋대로, 버릇없음	面倒(めんどう)	귀찮음
おすすめ	추천	第一条件(だいいちじょうけん)に	첫 번째 조건으로

‘문장으로 익히는 일본어’

第10課

初めての駅

自由が丘の駅で、大井町線から降りると、ママは、トットちゃんの手をひっぱって、改札口を出ようとした。トットちゃんは、それまで、あまり電車に乗ったことがな

かったから、大切に握っていた切符をあげちゃうのは、もったいないなと思った。そこで、改札口のおじさんに、

「この切符、もらっちゃいけない？」

と聞いた。おじさんは、

「ダメだよ」

というと、トットちゃんの手から、切符を取りあげた。トットちゃんは、改札口の箱にいっぱい溜っている切符をさして聞いた。

「これ、全部、おじさんの?」

おじさんは、他の出て行く人の切符をひったくりながら答えた。

「おじさんのじゃないよ。駅のだから」

「へーえ……」

トットちゃんは、未練がましく、箱をのぞきこみながらいった。

「私、大人になったら、切符を売る人になろうと思うわ」

おじさんは、はじめて、トットちゃんをチラリと見て、いった。

「うちの男の子も、駅で働きたいって、いってるから、一緒にやるといいよ」

トットちゃんは、少し離れて、おじさんを見た。おじさんは肥っていて、眼鏡をかけていて、よく見ると、やさしそうなところもあった。

「ふん……」

トットちゃんは、手を腰にあてて、観察しながらいった。

「おじさんとこの子と、一緒にやってもいいけど、考えとくわ。あたし、これから新しい学校に行くんで、忙しいから」

そういうと、トットちゃんは、待ってるママのところに走って行った。そして、こう叫んだ。

「私、切符屋さんになろうと思うんだ！」

ママは、おどろきもしないで、言った。

「でも、スパイになるって言ったのは、どうするの?」

トットちゃんは、ママに手をとられて歩き出しながら、考えた。(そうだわ。昨日までは、絶対にスパイになろう、って決めてたのに。でも、今の切符をいっぱい箱にしまっておく人になるのも、とても、いいと思うわ)

「そうだ!!」

トットちゃんは、いいことを思いついて、ママの顔をのぞきながら、大声をあげて言った。

「ねえ、本当はスパイなんだけど、切符屋さんなのはどう？」

ママは答えなかった。本当のことを言うと、ママはとても不安だったのだ。もし、これから行く小学校で、トットちゃんのことを、あずかってくれなかったら……。小さい花のついた、フェルトの帽子をかぶっている、ママのきれいな顔が、少しまじめになった。そして、道をとびはねながら、なにかを早口でしゃべってるトットちゃんを見た。トットちゃんは、ママの心配を知らなかったから、顔があうと、うれしそうに笑っていた。

「ねえ、私、やっぱり、どっちもやめて、チンドン屋さんになる！！」

ママは、多少、絶望的な気分で言った。

「さあ、遅れるわ。校長先生が待ってらっしゃるんだから。もう、おしゃべりしないで、前を向いて、歩いてちょうだい」

二人の目の前に、小さい学校の門が見えてきた。

自由が丘(じゆう おか)	장소이름	観察(かんさつ)	관찰
大井町線(おおいちょうせん)	전철선 중 하나	切符屋さん(きっぷや)	표 파는 사람
改札口(かいさつぐち)	개찰구	スパイ	스파이
電車(でんしゃ)	전차	大声(おおごえ)	큰(목)소리
大切(たいせつ)	소중한	不安(ふあん)	불안
切符(きっぷ)	표	小学校(しょうがっこう)	초등학교
未練がましい(みれん)	연연해하다, 아쉬워하다	フェルト	펠트
チラリ	힐끗	フェルト 帽子(ぼうし)	중절모
眼鏡(めがね)	안경	帽子(ぼうし)	모자
腰(こし)	허리	早口(はやくち)	빠른 말투

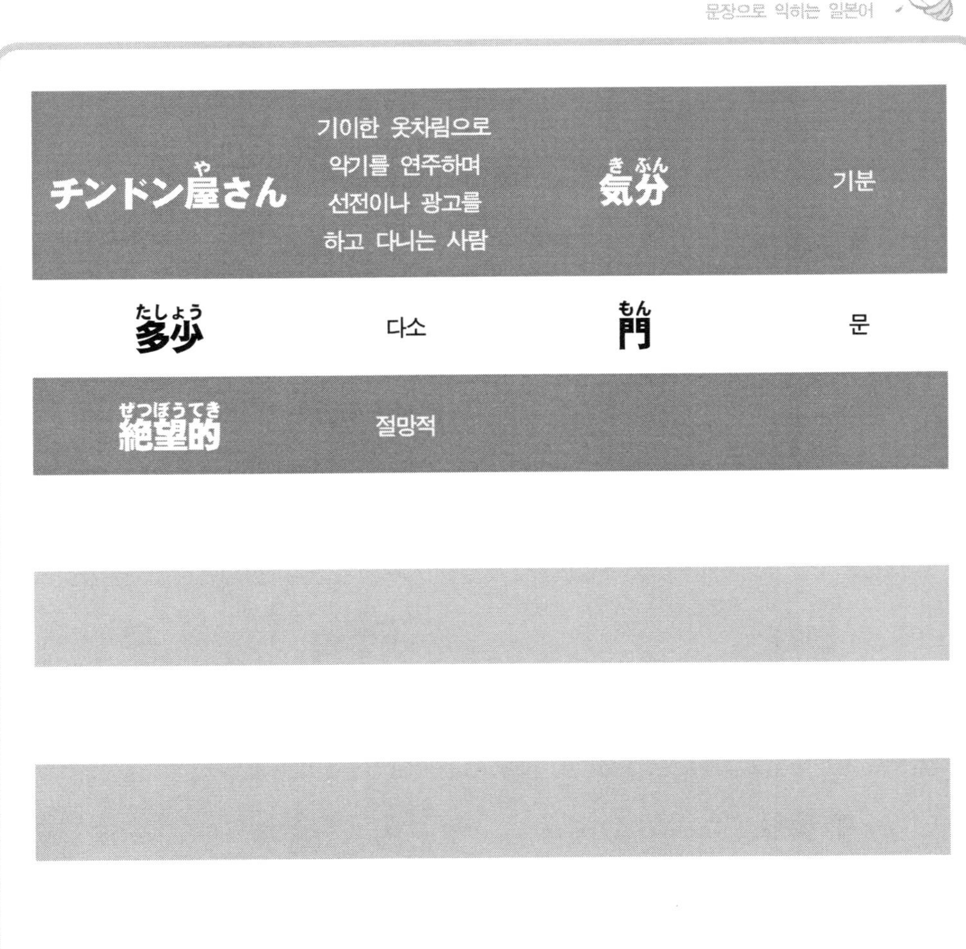

チンドン屋(や)さん	기이한 옷차림으로 악기를 연주하며 선전이나 광고를 하고 다니는 사람	気分(きぶん)	기분
多少(たしょう)	다소	門(もん)	문
絶望的(ぜつぼうてき)	절망적		

第11課

日常生活 I

よっぱらう

このまえ久しぶりに友人と
お酒を飲み、いい調子になり

ふたりとも大笑いしたり、泣いたり
励まし合ったり、とにかく酔っぱらった。
朝になり「・・なんであんなに大騒ぎ
したんだろ」と お互いわからぬまま。

貴腐ワイン

先日サントリーのワイン工場を
見学させてもらったとき、貴重な
貴腐ワインを入手した。
「こんなすばらしいワインは、すごく大切な
何かの記念日に飲もう」と思い
ずっと飾ってあるのだが、一体どんな
大切な記念日に飲むというのか
自分でもまだわかっていない。

息子の貯金箱のその後

このまえ息子につくってあげた貯金箱に
ぜんぜんお金が入ってなかったので
少し入れておいてあげたのに、息子は
いつまでたってもちっとも気づかなかった。
こんなことなら入れなきゃよかった
と思い出そうとしたのだが
フタがきつくてあかなかった。

1) v使役(しえき)てもらう

겸양표현으로 자주 사용되지만 듣는 이에게 특별히 허락을 받을 필요는 없다.

단, もらう의 겸양어いただく를 사용한 v使役(しえき)ていただく는 상대방에게 어떤 행위를 허락을 받아 행하여지는 겸양어이다.

예 また先生(せんせい)のお宅(たく)に遊(あそ)びに来(こ)させていただきます。
会議(かいぎ)の途中(とちゅう)、お腹(なか)をこわして先(さき)に帰(かえ)らせていただきました。

2) vておく　~해 두다

어떤 목적을 위해 미리 준비해 두는 「사전동작・준비」를 나타낼 때와 그대로 방치해 두는 「상태유지・보존・방치」등의 뜻을 나타낼 때 쓰인다.

예 パーティーのためにいろいろ準備(じゅんび)をしておきました。
言(い)っておきました。
並(なら)べておきました。

3) vなきゃよかった ＝　vなければよかった의 회화체이다.

vなければよかった는 그 행위를 하지 않았다면 좋았을 것을 으로 약간 후회의 의미가 내포되어있다.

4) Vば形(けい)

Aば B에서 A에 가정을 조건으로 해서 말하거나 B의 내용이 어떤 전제하에 일어났는지를 말해주는 표현이다. 문말에는 과거형이 오지 않는다.

◎ ば연결형

1류동사	어미「う」 →「え」단으로 + ば 話(はな)す→話(はな)せば　待(ま)つ→待(ま)てば　ある→あれば 書(か)く→書(か)けば　言(い)う→言(い)えば
2류동사	어간 + ば 見(み)る→見(み)れば　食(た)べる→食(た)べれば
する	すれば
来(く)る	来(く)れば
い형용사	어간 + ば 暑(あつ)い→暑(あつ)ければ　寒(さむ)い→寒(さむ)ければ　高(たか)い→高(たか)ければ

형용사와 명사에는 연결되지 않는다.

예외 いい→よければ

부정 ない→なければ

話(はな)す→話(はな)さない→話(はな)さなければ

暑(あつ)い→暑(あつ)くない→暑(あつ)くなければ

よっぱらう	취하다	見学(けんがく)	견학
調子(ちょうし)	상태	貴重(きちょう)	귀중한
大笑い(おおわらい)	큰 웃음	入手(にゅうしゅ)	입수
励まし合う(はげましあう)	서로 격려하다	記念日(きねんび)	기념일
とにかく	아무튼	一体(いったい)	도대체
貴腐ワイン(きふワイン)	완숙된 와인	貯金箱(ちょきんばこ)	저금통
貴腐(きふ)	포도에 낀 곰팡이로 백포도주의 원료	その後(あと)	그 후
サントリー	산토리 (주류회사 이름)	ぜんぜん	전혀
工場(こうじょう)	공장	フタ	뚜껑

第12課

あなたの恋愛において相手にアピールする方法

フリーマーケットに出かけたあなた。前から買おうと思っていたテーブルを見つけました。買おうかどうしようか迷っているあなたにお店の人が声をかけてきました。次

のどんなセールストークをされたら、あなたは購入を決意しますか？

A：「このテーブルかわいいでしょ。有名な○○というブランドのもので、元値はかなりするんですよ。ほとんど使っていないし、綺麗でお得ですよ。」

B：「このテーブルすごく使いやすいんですよ。引き出しがついていて便利だし、伸縮できるタイプだから、お客さんが来たときは広げればみんなで座れるし・・・。」

C：「今日、ここで、このテーブルに出合ったのも何かの縁ですよ。この色は風水的にもパワーがあるんですよ。これを買ったら運気があがるかもしれませんよ。」

D：「この場で買ってくれるなら、少し値引きしますよ。」

「A：『このテーブルかわいいでしょ。有名な○○というブランドのもので、元値はかなりするんですよ。ほとんど使っていないし、綺麗でお得ですよ。』」のあなた自分のルックスや外見で相手にアピールするタイプです。もし、あなたが、お嬢様だったり、モデルやキャビンアテンダントなどの職業であれば、それを武器に、自分を売り込もうとする可能性もあります。好きな人ができると相手の好みが気になり、相手の好みの髪型やファッションを取り入れてからアプローチを開始する傾向があります。

「B：『このテーブルすごく使いやすいんですよ。引き出しがついていて便利だし、伸縮できるタイプだから、お客さんが来たときは広げればみんなで座れるし・・・。』」のあなた

ルックスやバックボーンより、あくまでも、自分の中身で勝負するタイプ。料理が得意であることや、尽くす女など自分の特性をアピールします。また、友達が多いことを売りにすることもあるでしょう。

「C：『今日、ここで、このテーブルに出合ったのも何かの縁ですよ。この色は風水的にもパワーがあるんですよ。

これを買ったら運気があがるかもしれませんよ。』」のあなた

あなたは、異性に対して、とくにアピールすべき強みがないと考えているようです。そのため、アプローチも、自分と付き合った人はその後の人生がうまくいっている、血液型占いを持ち出して、自分と相手の相性は良いなど、といったことでアピールすることもあるでしょう。

「D：『この場で買ってくれるなら、少し値引きしますよ。』」のあなた

自分に自信がなく、相手の好みや都合に合わせることで自分を受け入れてもらおうとするタイプです。一歩間違えると「都合のいい女」や「セカンド」に甘んじてしまうこともありそうです。

文法

1) v(意志形)と思う　~하려고 생각 한다.

이제부터, 또는 앞으로 무언가를 하겠다는 말하는 이의 의지를 나타낸다.

예　会社をやめて、一年ぐらい日本に留学しようと思っています。

今日はまっすぐ帰ろうと思っています。

2) vば形　→ 11과 참조

3) vてから　~하고 나서, ~한 뒤

A た後와 비슷하지만 A てから B는 A에 관심이 있거나 반드시 한다는 것을 강조한 표현이고 A た後 B는 A와 B의 전후관계를 객관적으로 말하는 점이 다르다.

예　昨日映画を見てから食事をしました。

手を洗ってから食事をしなさい。

電話をかけてから行きましょう。

4) v(ます形)やすい′ にくい → 품사가 形容詞로 바뀜

v(ます形)やすい → ~하는 것이 편하다, 가끔 ~하다

예 この本は読みやすい。

これから一週間は、雨が降りやすいでしょう。

v(ます形)にくい → v(ます形)やすい의 반대어다.

~하기곤란하다, 여간해서 ~하지 않는다.

예 これは使いにくいですね。

恋愛(れんあい)	연애	綺麗(きれい)	예쁜
アピール	어필	お得(とく)	득, 이익
方法(ほうほう)	방법	引(ひ)き出(だ)し	서랍
フリーマーケット	벼룩시장	便利(べんり)	편리
迷(まよ)う	헤매다	伸縮(しんしゅく)	신축
声(こえ)をかける	말을 걸다	タイプ	타입
セールストーク	sales talk	座(すわ)れる	앉을 수 있다
購入(こうにゅう)	구입	縁(えん)	연(인연)
決意(けつい)	결의	風水的(ふうすいてき)	풍수적으로
ブランド	브랜드	パワー	파워, power
元値(もとね)	원가	運気(うんき)	운기 (천지·인체를 꿰뚫어 존재한다는 오운 육기(五運六氣))

値引き(ねびき)	할인, 에누리	開始(かいし)	개시
ルックス	looks	傾向(けいこう)	경향
外見(がいけん)	겉보기	バックボーン	backbone 뒤배경
モデル	모델	あくまでも	어디까지나
キャビンアテンダント	cabin attendant 여객기 접대승무원	勝負(しょうぶ)	승부
職業(しょくぎょう)	직업	中身(なかみ)	내용물, 내용
武器(ぶき)	무기	料理(りょうり)	요리
可能性(かのうせい)	가능성	得意(とくい)	잘하는 것
髪型(かみがた)	머리모양	尽(つ)くす	애쓰다, 노력하다
ファッション	패션	異性(いせい)	이성
アプローチ	approach	~に対(たい)して	~에 대해서

~べき	~해야만	自信(じしん)	자신
強み(つよみ)	강점	好み(このみ)	취향
自分(じぶん)	자기자신	都合(つごう)	형편, 사정
血液型(けつえきがた)	혈액형	一歩(いっぽ)	한 걸음, 한단계
占い(うらない)	점	間違える(まちがえる)	착각하다, 잘못하다
相性(あいしょう)	궁합	セカンド	second

'문장으로 익히는 일본어'

第13課

手紙文って何？

特定の相手に向けて自分の意思や用件などを伝える文章を手紙文と言います。

手紙文には、お祝いの手紙、お礼の手紙、お見舞いの手紙、おわびの手紙、質問の手紙、お願いの手紙、はげましの手紙、近況報告、案内状、招待状などいろいろな種類があります。手紙と似たものに、はがきがあります。はがきで出すものには、年賀状、暑中見舞、旅先からのお便り、新しい相手へ出すお便りなどがあります。

はがきは、手紙を簡単にしたものです。目上の人にお願いをしたり、お礼を言いたい時には、はがきよりお手紙のほうがよいのでしょう。

手紙文の書き方

① 誰に出すのか、何を書くのかをはっぃりさせる。
友だちに出すのか、先生に出すのか、お礼を言うのか、など、相手と書く内容をはっきりさせます。

② 気持をこめて書く。
次のページで見るように、手紙には型があります。しかし、一番大切なのは、心をこめて、受け取る人のことを考えながら書くことです。

③ 字はていねいにかく。

なぐり書きの手紙は、もらってもうれしくありませんよね。

④ 字の間違いがないかどうか、最後に必ず読み直す。

※ この四つのポイントは、はがきを書くときも同じです。

文法

1) v(ます形)ながら

① ~하면서 의 동작의 동시진행을 나타낸다.

예 音楽を聞きながら勉強をします。

アルバイトをしながら大学で勉強をする学生がいます。

② 앞의 단어나 문장으로부터 생각할 때 뒤에 단어나 문장이 그렇게 하는 것이 이상하거나 적합하지 않는 것이 올 때 쓰인다.

예 小さいながら力は強い。

このカメラは小型ながらよく映る。

2) v(ます形)たい ~하고 싶다

동사ます형에 연결되며 조사「を」가「が」로 바뀐다. 1인칭과 2인칭에서만 쓰이고 3인칭에서는 사용할 수 없다. い형용사와 똑같은 활용을 한다.

行く→行きたい→行きたくない→行きたくなかった→行きたければ→行きそうだ

예 (私は)おいしいコーヒーが飲みたい。

何も食べたくない。

休みたければ休みなさい。

3) 助詞と、や の使い方

나열조사「と」는 나열해야 할 단어를 모두 나열하는 경우에 쓰이고「や」는 그중 몇 가지만을 나열할 때 쓰인다.

상황 机の上 ー えんぴつ、消しゴム、ノート、本、ボールペン

- 机の上にえんぴつや消しゴム(など)があります。
- 机の上にえんぴつと消しゴムとノートと本とボールペンがあります。

4) 불확실을 나타내는 조사「か」

① 확실하게 모르거나 정확하지 않다라는 마음을 나타낸다. 의문사「何、誰、なぜ」등에 이어진다

예 この中に何かありますか。

部屋の中に誰かいますか。

② 몇 가지 사물이나 동작을 나열하여 그 중에서 하나를 선택한다는 의미를 나타낼 때 쓰인다. 「～か～」、「～か～か～か」등의 형태로 사용한다.

예 りんごか、なしか、みかんか、どれでも好(す)きなのを食(た)べてね。

あの人(ひと)には二度(にど)か三度(さんど)会(あ)ったことがあります。

③ 「～かどうか」의 형태로 ~인지 아닌지의 의미를 나타낸다. 우리말의 경우는 앞에 동사형용사의 긍정형과 부정형을 같이 사용하지만 일본어의 경우는 앞에 동사형용사의 긍정형을 사용하고 뒤에 どうか를 이어 쓴다.

예 明日(あした)、行(い)けるかどうか分(わ)かりません。

おいしいかどうか食(た)べてみて。

(우리말의 경우 : 맛 있는지 맛 없는지 먹어봐.)

単語	뜻	単語	뜻
手紙文(てがみぶん)	편지문장	案内状(あんないじょう)	안내장
特定(とくてい)	특정	招待状(しょうたいじょう)	초대장
意思(いし)	의사	種類(しゅるい)	종류
用件(ようけん)	용건	はがき	엽서
文章(ぶんしょう)	문장	年賀状(ねんがじょう)	연하장
お祝(いわ)い	축하(의 말이나, 선물)	暑中見舞(しょちゅうみまい)	복중문안
お礼(れい)	감사의 말이나 선물	旅先(たびさき)	여행지
お見舞(みま)い	병문안	お便(たよ)り	편지, 소식
おわび	사과	簡単(かんたん)	간단
はげまし	격려	目上(めうえ)	손윗 사람
近況報告(きんきょうほうこく)	근황보고	書(か)き方(かた)	쓰는 방법

단어	뜻	단어	뜻
はっきり	확실하게	最後(さいご)	최후
内容(ないよう)	내용	ポイント	포인트
ていねい	정중	こめる	담다
なぐり書(か)き	갈겨씀, 난필	受(う)け取(と)る	받다, 받아들이다, 이해하다
間違(まちが)い	잘못, 틀림		

第14課

心理テスト I

問題

寝坊して友達との待ち合わせに遅れたあなた！そんなとき、あなたがする言い訳はどのタイプ？

A：「途中で困っている人を助けていた」
B：「朝からお腹が痛くて……」
C：「出ようと思ったら大事な電話が……」
D：正直に寝坊したと言う

相手の怒りを解こうとする言い訳。その瞬時の判断力に、あなたの繰り返しやすい失敗が浮き彫りに！

A：「途中で困っている人を助けていた」
架空のドラマを作り出し、自分を正義の味方にしちゃったあなたは、ユーモアセンスのある人。ただ、サービス精神が旺盛すぎて、後先考えない言動で周囲を振り回しがち。大げさ表現をしたための失敗が多いのでは？

B：「朝からお腹が痛くて……」
体調を言い訳にしたあなたは、人の同情、つまりは優しさに頼りがち。そんなあなたが繰り返しやすい失敗といえば、依存しすぎて人に迷惑をかけること。特に、仲のいい人に対して、甘えすぎ、期待しすぎは危険。

C：「出ようと思ったら大事な電話が……」

電話は、第三者からの妨害を意味するもの。これを選んだあなたは、もしかすると、責任転嫁の名人では？ドタキャンで信用をなくしたり、大事な預かり物を落したり……うっかりミスを繰り返しがち。気をつけて！

D：正直に寝坊したと言う

正直に寝坊を告白したあなたは、誠実な人。とはいえ、ピンチにあわてふためいたり、相手の本音が読めなかったりといった要領の悪さがありそう。空気を読み間違えて、ホットなシーンを凍りつかせないで！

文法

1) v(ます形)やすい、にくい → 形容詞로 바뀜 → 제12과 참조

2) 様態そう → 제13과 참조

3) v(ます形)、形容詞어간＋すぎる(형용사는 동사로 바뀜)

과잉으로 적정한 수준이나 정도를 넘어서 너무(지나치게) ~하다의 의미이다.

~하는 것이 바람직하지 않다 라는 의미가 내포되어 있는 경우에도 쓰인다.

예 昨日はちょっとお酒を飲みすぎました。

かみの毛が長すぎて、美容院に行きました。

この部屋は暑すぎますね。

祭りなのに静かすぎます。

寝坊(ねぼう)	늦잠	架空(かくう)	가공
待(ま)ち合(あ)わせる	약속해서 만나기로 함	ドラマ	드라마
言(い)い訳(わけ)	변명	正義(せいぎ)	정의
途中(とちゅう)	도중	味方(みかた)	아군(자기편)
正直(しょうじき)	정직	ユーモアセンス	유머센스
怒(おこ)り	분노	精神(せいしん)	정신
解(と)く	풀다	旺盛(おうせい)	왕성
瞬時(しゅんじ)	순간	後先(あとさき)	전후
判断力(はんだんりょく)	판단력	言動(げんどう)	언동
失敗(しっぱい)	실패	周囲(しゅうい)	주의
浮(う)き彫(ぼ)り	부조(돋을 새김)	大(おお)げさ	과장, 허풍

体調(たいちょう)	몸의 상태, 컨디션	責任転嫁(せきにんてんか)	책임전가
同情(どうじょう)	동정	名人(めいじん)	명인
優(やさ)しさ	다정함	信用(しんよう)	신용
依存(いぞん)	의존	預(あず)かり物(もの)	맡긴 물건
迷惑(めいわく)をかける	폐를 끼치다	うっかり	깜빡
仲(なか)	사이	気(き)をつけて	조심해서
期待(きたい)	기대	告白(こくはく)	고백
危険(きけん)	위험	ピンチ	pinch, 위기, 곤경
第三者(だいさんしゃ)	제3자	本音(ほんね)	본심
妨害(ぼうがい)	방해	凍(こお)りつかせる	꽁꽁, 얼게 하다
もしかすると	어쩌면		

第15課

「。」と「、」をきちんと

文の終わりにつける「。」を「句点」と言います。また、意味の切れ目などにつける「、」を「読点」と言います。「。」と「、」を二つまとめて「句読点」と言います。

さて、この「句読点」がなくなってしまったらどうなるのでしょう。
次の文章を読んでみましょう。

- 「私は鼻水をたらしながら鳴いている子犬を追い掛けた」
鼻水をたらしているのは、私(まる子)？それとも子犬？ また、文の終わりに「。」がないので、これで終わりなのか、まだ続きがあるのかもはっきりしません。

まる子(私)が鼻水をたらしている場合は、
- 「私は鼻水をたらしながら、鳴いている子犬を追いかけた。」ですし、

子犬が鼻水をたらしている場合は、
- 「私は、鼻水をたらしながら鳴いている子犬を追い掛けた。」となるわけですね。

「、」の位置で、全然ちがう意味になってしまいます。

次の文に句読点をつけて、ちがう意味の文を二つ作っ

てみてね。

- たまこちゃんはびっくりして声も出さなくなったまる子を見つめた。
- 答え：たまこちゃんがびっくりした場合
  たまこちゃんはびっくりして、声も出さなくなったまる子を見つめた。
- 答え：まる子がびっくりした場合
  たまこちゃんは、びっくりして声も出さなくなったまる子を見つめた。

きちんと	정연하게, 깔끔이	鼻水(はなみず)	콧물
句点(くてん)	구점	続(つづ)き	계속, 이어짐
切(き)れ目(め)	눈금, 끊어진 곳	場合(ばあい)	경우
読点(どくてん)	쉽표	位置(いち)	우치
句読点(くとうてん)	구독점	全然(ぜんぜん)	전혀

第16課

心理テスト II

問題

あなたが仕事や研究、勉強をしているデスクはふだん、どんな状況？

A：整理整頓バッチリ
B：仕事や勉強が終わると何もデスクに残さない
C：写真立てなど、いろいろな物を飾っている
D：書類や本の山

机の上は、ちょっとしたミニ会社。そこから見えるあなたの個性をさ探りましょう

A：整理整頓バッチリ
平均的なタイプと言えるあなた。「売り」が強くなさそうですが、実は、組織では自然に能力が発揮できる人。まずは、協調性をアピールしていきましょう。上手に合わせながら順当にポジションアップできるはず。

B：仕事や勉強が終わると何もデスクに残さない
あなたは、やや潔癖症。少々融通が利かない不器用なところもありそうですが、それこそがあなたの武

器です。きっとあなたの言動には嘘がなく、相手に信頼感を与えるはず。どんな場合も、約束厳守を「売り」にして！

C：写真立てなど、いろいろな物を飾っている

あなたは、やや自己チュウ気味!?オフィシャルな場でも、私情を挟んで好き嫌いを言ってはいませんか？でも、そんなあなたも、好きなことに対する情熱は人一倍。ぜひそこを「売り」にし、得意分野を武器にして！

D：書類や本の山

片づけベタなあなたは、机同様、頭の中も常にいろいろな情報で満たされているよう。論理だてた流れは苦手でも、情報量の多さからユニークな発想が光ります。思ったことはどんどん提案して、存在感を示しましょう。

文法

1) 様態(ようたい)そう → 제9과 참조

2) v(ます形(けい))ながら → 제13과 참조

3) はず ~(할)것이다, ~(일)것이다

① 당연할 것 같은 것을 나타낸다.

예 先(さき)までそこにあったから探(さが)してみてください。あるはずです。

② 자신의 생각으로 확신하고 있는 사항을 표현할 때 사용한다.

예 部屋(へや)の鍵(かぎ)はおそらく田中(たなか)さんが持(も)っているはずです。

③ 예정되어 있는 것을 나타낸다.

예 飛行機(ひこうき)は10時発(じはつ)のはずです。

◎ 연결형

동사, い형용사 : 원형+はずだ

な형용사 ~な+はずだ

명사 ~の+はずだ

부정 はずがない는 ~일리가 없다 라는 의미이다.

예 あの人がこんな小さいことで怒るはずはありません。

そんなむずかしいことを子供に言って聞かせても分かるはずがありません。

仕事(しごと)	일	自然(しぜん)	자연
研究(けんきゅう)	연구	能力(のうりょく)	능력
勉強(へんきょう)	공부	発揮(はっき)	발휘
デスク	데스크	協調性(きょうちょうせい)	협조성
整理整頓(せいりせいとん)	정리정돈	順当(じゅんとう)	당연함
バッチリ	빈틈없이, 시원하게	ポジションアップ	position up
写真立て(しゃしんだて)	액자	やや	약간, 다소
書類(しょるい)	서유	潔癖症(けっぺきしょう)	결벽증
個性(こせい)	개성	少々(しょうしょう)	조금
平均的(へいきんてき)	평균적	融通(ゆうずう)	융통
組織(そしき)	조직	不器用(ぶきよう)	손재주가 없음

単語

武器(ぶき)	무기	人一倍(ひといちばい)	남달리, 남보다 더 한층
言動(げんどう)	언동	得意分野(とくいぶんや)	잘하는 분야
嘘(うそ)	거짓말	片(かた)づけ	정돈
信頼感(しんらいかん)	신뢰감	机同様(つくえどうよう)	책상과 마찬가지로
約束(やくそく)	약속	情報(じょうほう)	정보
厳守(げんしゅ)	엄수	論理(ろんり)	논리
自己(じこ)チュウ気味(きみ)	자기중심경향	苦手(にがて)	서툰것
気味(きみ)	낌새, 경향	量(りょう)	양
オフィシャルな場(ば)	공적인 자리	ユニークな	유니크한
私情(しじょう)	사적인 감정	発想(はっそう)	발상
情熱(じょうねつ)	정열	どんどん	계속해서, 자꾸자꾸

提案(ていあん)	제안	存在感(そんざいかん)	존재감

第17課

日常生活 II

今年の正月

去年の正月、平巻きずしを家族で

喜んで食べて幸せだったので今年も
平巻きずしを食べようと思い
大みそかにわざわざ混んでいる街に行き、
平巻きずしのネタをいっぱい買ってきた。
そして年が明け、私がちょっと用事で
出掛けているうちに、ネタは全部
なくなっていた。・・・正月早々、本気で
腹が立った。

おばけ

息子(４才)が「まだねない」と言って
きかないので、私が「ねないとのっぺらぼうと
青いカオをしたこわい女と人さらいが来て
車で連れて行かれちゃうけど、それでも
いいの？」と言ったら
「いいわけねぇだろーっ」と

問題

気になる友達が普段よくする座り方を要チェック！

A：足を組む

B：股を広げがち

C：膝頭をくっつけて八の字に開く

D：一定ではなく、しょっちゅう変える

座り方……そこから、その人の開放感＆警戒心がわかります。口の堅さを読み取りましょう。

A：足を組む

信頼度70点。足を組む人は、自信家が多く、自分のペースを持った人。そのため、一見マイペースに見えますが、小さなことにこだわらないおおらかさがあって、十分に人を受け止める人。相談相手としては二重マル。

B：股を広げがち

信頼度30点。足が開いていればいるほど開放感いっぱいであることを示すこの座り方。聞き上手には映るのですが、自分が無防備な分、相手の秘密に対しても、思いはやや軽そう。大事な話をするのは要注意。

C：膝頭をくっつけて八の字に開く

信頼度90点。この座り方は、たいていの場合、そのとき一緒にいる人に強い依存心を抱いていることを示しています。つまり、強い「味方」意識を持っています。頼めば、絶対秘密を守ってくれる信頼感あり。

D：一定ではなく、しょっちゅう変える

信頼度50点。この座り方をする人は、超・自由人。熱く意見をしてくれたり、相談に乗ってはくれますが、すぐ他に関心が移る恐れあり。期待しすぎは禁物です。でも、忘れっぽい分、秘密を他言する心配は少なそう。

文法

1) V(ます形(けい))すぎる → 제 14과 참조

正月(しょうがつ)	정월	座り方(すわりかた)	앉는 방법
平巻きずし(ひらまきずし)	김밥	足を組む(あしをくむ)	다리를 꼬다
大みそか(おおみそか)	섣달 그믐날	股(また)	가랑이
わざわざ	일부러	自信家(じしんか)	자신 있는 사람
ネタ	씨, ~거리	膝頭(ひざがしら)	무릎
用事(ようじ)	용건	くっつけて	딱 붙여서
早々(はやばや)	재촉해서	八の字(はちのじ)	팔자
本気(ほんき)	진심, 진지한 마음	しょっちゅう	빈번하게
腹が立った(はらがたった)	화가 났다	開放感(かいほうかん)	해방감
人さらい(ひとさらい)	유괴범	警戒心(けいかいしん)	경계심
気になる(きになる)	신경에 쓰이다	読み取る(よみとる)	읽고 이해하다

信頼度(しんらいど)	신뢰감	味方(みかた)	아군, 자기 편
一見(いっけん)	얼핏	意識(いしき)	의식
~にこだわらない	~에 연연해 하지않다	絶対(ぜったい)	절대
おおらかさ	대범함	信頼感(しんらいかん)	신뢰감
二重(ふたえ)	이중	意見(いけん)	의견
マル	동그라미	相談(そうだん)に乗(の)る	의논에 응하다
無防備(むぼうび)	무방비	恐(おそ)れ	우려
秘密(ひみつ)	비밀	期待(きたい)	기대
場合(ばあい)	경우	禁物(きんもつ)	금물
依存心(いぞんしん)	의존심	忘(わす)れっぽい	잘 잊어버리는
抱(いだ)く	품다, 지니다	~分(ぶん)	~만큼(의 양)

他言(たごん)	남에게 말하는 것 (말해선 안되는 것을)	心配(しんぱい)	걱정

第18課

日常生活 III

夢の年末ジャンボ宝くじ

クリスマスパーティーのとき

クリスマスプレゼントに宝くじを５０枚も
持ってきた人がいて、もしもコレが当たったら
みんなで山わけしようという話で大変
盛り上がった。マンションを買うとか馬を
買うとか、あれやこれやの大騒ぎだったが
結局一枚も当たらなかった。ホントに
年末にジャンボな夢をみせていただいた
という感じだ。

かわいそうなヒロシ

ヒロシは家族中で一番
犬の面倒をみているのに
家族の誰よりも
犬はヒロシになついていない。

マッサージ

さいきん私と母が

マッサージをしてもらう前に
必ず息子が「オレもやってほしい」
と言って、少しやってもらっている。
肩と腰がキモチいいらしい。

ミキサー

今まで苦労して
りんごとニンジンをすりおろして
それを布でしぼって飲んでいたが
最近ジューサーを買って
他のフルーツも入れて飲んでいる。
すごく楽でおいしい。もっともっと
早くにこうすりゃよかった。

かさ

雨が降りそうだったけど
大丈夫だろうと思って家を出たら

雨が降ってきた。
仕方なくデパートに入ってかさを
買ったが、外に出たら雨はやんでいた。
一日中、いらないかさを持ち歩くことになった。

1) ｖたら → 제1과 참조

2) ｖ意志形 → 제3과 참조

3) ～とか～とか

비슷한 물건, 동작에 이어져서 2개정도 예를 들어 말하는 경우에 사용되고 「～とか～とか」, 「～とか」형태로 사용된다.

예 私は映画とか演劇とか言うものは、あまり好きじゃありません。

4) ｖ使役ていただく : もらう의 겸양어 → いただく → 제11과 참조

5) らしい 추측의 의미, ～인 것 같다

예 人が集まっています。事故があったらしいです。

天気予報では、今日は雨が降るらしいです。

今頃のニュージーランドは大変暑いらしいです。

명사에 연결될 때에는 추측이외에 ～답다 라는 의미도 있다.

예 男(おとこ)らしい : 남자답다　女(おんな)らしい : 여자답다
学生(がくせい)らしい : 학생답다.

◎ らしい의 연결형

동사,い형용사 : 원형+らしい

な형용사+らしい

명사+らしい

らしい는 い형용사와 같은 활용을 한다.

行(い)くらしい → 行(い)くらしくない → 行(い)くらしかった → 行(い)くらしければ → 行(い)くらしくて

6) すりゃいい = すればいい와 같은 의미로 친밀체 회화에서만 사용한다.

※ ば형은 제11과 참조

7) 様態(ようたい)そう → 제9과 참조

8) ~だろう는 ~でしょう의 원형 (아마도) ~이겠지요, ~일 것이다, ~겠지

① 확실히 단정할 수 없는 일(예 : 일기예보) 등과 미래를 예측하는 표현에 쓰인다. 현재나 과거의 일에 대한 추측에도 쓰인다.

예 山田さんは忙しいと言ったから旅行に行かないだろう(でしょう)。
もう十年もすぎたから、町もずいぶん変わったでしょう。
モデルだと言うから本当にきれいな人だろう。

② 말하는 이가 자신의 말이나 행동 등에 대해 상대방에게 동의를 구할 때, 상대방의 기분이나 상황을 배려・동정할 때, 상대방에게 확인을 할 때에도 쓰인다.

예 これ、いいでしょう。昨日買ったんですよ。
このセーター私が編んだんですよ。いい色でしょう。
おかえりなさい。外は寒かったでしょう。

※ ~だろう, ~でしょう는 문말에 오는데 ~だろう, ~でしょう 앞에 오는 동사, 명사, い형용사, な형용사 모두 원형이 온다.

夢(ゆめ)	꿈	必(かなら)ず	반드시
年末(ねんまつ)	연말	肩(かた)	어깨
ジャンボ	점보	腰(こし)	허리
宝(たから)くじ	복권	苦労(くろう)	고생
当(あ)たる	당첨되다	りんご	사과
山わけ	반씩 나눔	ニンジン	당근
盛(も)り上(あ)がる	고조되다	すりおろす	갈다
あれやこれや	이것저것	布(ぬの)	헝겊
大騒(おおさわ)ぎ	대소동	最近(さいきん)	최근
結局(けっきょく)	결국	楽(らく)	편하다
感(かん)じ	느낌	大丈夫(だいじょうぶ)	괜찮다, 무사하다
面倒(めんどう)	귀찮음		

第19課

人を愛するとは

愛とは・・・

いろいろな説明や解釈があるでしょうが、私は愛とは「棄てないこと」だと思っています。愛する対象が―人間であ

れ、ものであれ—どんなにみにくく、気にいらなくなっても、これを棄てないこと、それが愛のはじまりなのである

逆に言えば、美しく、魅力的なものに心ひかれるのを普通、われわれは愛とよんでいますが、そんなものは愛ではない。なぜなら美しく魅力的なものに心ひかれるのは、誰でもができる当然の、やさしい行為だからである。愛とは誰でもができる、やさしい行為ではありません。

恋愛の場合だって同じことです。あなたが若く、あなたの恋人が若くて魅力的な時、あなたたちの恋愛は必ずしも「愛」とはよべない。若くて魅力的な青年に心ひかれるのはどんな女性だってできる行為です。それは「愛」ではなく「情熱」とよぶべきなのです。情熱は年ごろの男性と女性とが容易にもつことのできる感情で、愛ではないのです。

愛は男と女とが人生の苦しみも悦びもわかちあい、時にはつきなんとする二人の心の火を忍耐と努力によって一生、消さない時に生まれます。二人がみにくくなり、倦怠期に入っても情熱のかわりに生の連帯という感情が育まれる時、生まれるのが「愛」なのです。

文法

1) V(원형)でしょう → 제18과 참조

説明(せつめい)	설명	必(かなら)ずしも	반드시, 필히
解釈(かいしゃく)	해석	青年(せいねん)	청년
棄(す)てる	버리다	女性(じょせい)	여성
対象(たいしょう)	대상	情熱(じょうねつ)	정열
人間(にんげん)	인간	年(とし)ごろ	적령기
気(き)にいらない	마음에 안들다	男性(だんせい)	남성
逆(ぎゃく)に言えば	거꾸로 말하자면	容易(ようい)	용이한
魅力的(みりょくてき)	매력적	感情(かんじょう)	감정
心(こころ)ひかれる	마음에 끌리다	人生(じんせい)	인생
なぜなら	왜냐하면	苦(くる)しみ	괴로움
行為(こうい)	행위	悦(よろこ)び	기쁨

忍耐（にんたい）	인내	倦怠期（けんたいき）	권태기
努力（どりょく）	노력	連帯（れんたい）	연대
一生（いっしょう）	일생	育まれる（はぐくまれる）	길러지다

‘문장으로 익히는 일본어’

第20課

1Q84の中から

小松から電話がかかってきたのは、金曜日の早朝、五時過ぎだった。そのときは長い石造りの橋を歩いて渡っている夢を見ていた。向こう岸に忘れてきた何人か大事な書類を取りに行くところだった。橋を歩いているのは天吾

一人だけだ。ところどころに砂州のある、大きな美しい川だ。

ゆっくりと川が流れ、砂州には柳の木も生えている。鱒たちの優雅な姿も見える。鮮やかな緑の葉がやさしく水面に垂れ下がっている。中国の絵皿のにあるような風景だった。彼はそこで目を覚まし、真っ暗な中で枕元の時計に目をやった。そんな時間に誰が電話をかけてきたのか、もちろん受話器を取る前から見当がついた。

「天吾くん、ワープロ持ってるか？」と小松は尋ねた。「おはよう」もなく、「もう起きてたか？」もない。この時刻に彼が起きていることは、きっと徹夜あけなのだろう。日の出が見たくて早起きをしたわけではない。どこかで眠りに就く前に、天吾に言っておくべきことを思い出したのだ。

早朝(そうちょう)	아침 일찍	石造り(いしづくり)	석조 (돌로 만든 것)

'문장으로 익히는 일본어'

問題

問題

たい

例(れい) **私(わたし)はラーメンを食(た)べます。**

➡ **私(わたし)はラーメンが食(た)べたいです。**

1) 私(わたし)はチョコレートを食(た)べます。

➡

2) 私(わたし)は京都(きょうと)へ行(い)きます。

➡

3) 私(わたし)は英語(えいご)を話(はな)します。

➡

4) 私(わたし)は新幹線(しんかんせん)に乗(の)ります。

➡

5) あなたは富士山(ふじさん)に登(のぼ)りますか。

➡

問題

6) あなたは国のお母さんに国際電話をかけますか。

➡

7) 私はテレビを買います。

➡

8) あなたは空を飛びますか。

➡

9) 私はホンコンの映画を見ます。

➡

10) 私は日本語の勉強をします。

➡

■ ～v てから ■

 ①服を脱ぎます。②おふろに入ります。

➡ 服を脱いでから、おふろに入ります。

1) ①切符を買います。②バスに乗ります。

➡

2) ①歯をみがきます。②寝ます。

➡

3) ①朝御飯を食べます。②学校へ行きます。

➡

4) ①大学に入ります。②勉強します。

➡

5) ①新聞を読みます。②会社へ行きます。

➡

問題

6) ①郵便局へ行きます。②家へ帰ります。

➡

7) ①みんなで話します。②何をするか、決めます。

➡

8) ①砂糖を入れます。②コーヒーを飲みます。

➡

9) ①電気を消します。②寝ます。

➡

10) ①中へ入ります。②玄関でくつを脱ぎます。

➡

問題

~v た後で、~v る前に

例 **①いつも、手を洗います。②ご飯を食べます。**

➡ **いつも、手を洗った後でご飯を食べます。**

➡ **いつも、ご飯を食べる前に手を洗います。**

1) ①よく復習をします。②試験を受けます。

➡

➡

2) ①もう一度やってみましょう。②あきらめます。

➡

➡

3) ①食事をします。②コーヒーを飲みます。

➡

➡

問題

4) ①発音を覚えます。②会話の練習をしましょう。

➡

➡

5) ①日本語の勉強をします。②中国語を勉強します。

➡

➡

6) ①本文を覚えます。②練習問題をします。

➡

➡

7) ①先生に相談します。②決めます。

➡

➡

8) ①レポートを書きます。②映画を見に行きます。

➡

➡

問題

9) ①食事(しょくじ)をします。②薬(くすり)を飲(の)みます。

➡

➡

10) ①会議(かいぎ)が終(お)わります。②報告(ほうこく)します。

➡

➡

問題

v(ます形)ながら

例 山田さんはお酒を飲んでいます。＋自動車を運転しています。

➡ 山田さんはお酒を飲みながら、自動車を運転しています。

1) ご飯を食べます。＋ テレビを見ます。

➡

2) りんさんは今、シャワーをあびています。＋ 歌を歌います。

➡

3) 李さんはビールを飲んでいます。＋ ポテトチップを食べています。

➡

4) 私(わたし)はいつも、いろいろなことを考(かんが)えています。
　＋ 公園(こうえん)を散歩(さんぽ)します。

➡

5) ①日本語(にほんご)の勉強(べんきょう)をします。②中国語(ちゅうごくご)を勉強(べんきょう)します。

➡

6) 学生(がくせい)たちは話(はな)しています。＋ バスを待(ま)っています。

➡

7) 父(ちち)は新聞(しんぶん)を読(よ)みます。＋ パンを食(た)べます。

➡

8) 日曜日(にちようび)は洗濯(せんたく)をします。＋ 日曜日(にちようび)は掃除(そうじ)をします。

➡

9) よる、歌(うた)を歌(うた)います。＋ お風呂(ふろ)に入(はい)ります。

➡

10) タバコを吸(す)っています。＋ 電話(でんわ)をかけています。

➡

問題

v てみる

例(れい)　このケーキはおいしいですか、おいしくないですか。じゃ、食(た)べてみます。

1) このくつは大(おお)きいですか、ちょうどいいですか。

じゃ、

2) この箱(はこ)の中(なか)に何(なに)があるか、わかりません。

じゃ、

3) このコーヒーおいしいか、(飲(の)む)みます。

➡

4) この漢字(かんじ)はどう読(よ)みますか。(読(よ)む)みてください。

➡

5) これ、味(あじ)が合(あ)うかどうか(食(た)べる)みてください。

➡

6) 静かですね。教室に(行く)みましょうか。

➡

7) このベッド楽ですか。横に(なる)みてもいいですか。

➡

8) 金さん、今言った単語を(書く)みて。

➡

9) あの映画おもしろいかわたしが(見る)みます。

➡

10) 犯人の話しが事実かどうか(調べる)みます。

➡

がなる 問題

v ておく

例 **今日の午後、友だちが家へ遊びに来ますから、掃除を(する)。**

➡ **しておきます。**

1) 今日の午後、パーティーをします。料理を(作る)。

➡

2) 明日、試験があります。今晩、(勉強をする)。

➡

3) 友だちの家へ遊びに行きます。(電話をかける)。

➡

4) デパートへ行きます。玄関に(かぎをかけます)。

➡

問題

5) 先生が来る前に(机の上をきれいにする)。

➡

6) 来週、旅行へ行きます。明日、(飛行機の切符を予約する)。

➡

7) 雨が降る前に(洗濯物を家の中に入れる)。

➡

8) 友だちの結婚式があります。(プレゼントを買う) 。

➡

9) 明日、聞き取りの試験があります。(今から何回も聞く)。

➡

10) 父が帰ってくる前にビールを(冷やす) 。

➡

v たまま

例 **鈴木さんはお風呂に入っています。眼鏡を<u>かけています</u>。**

➡ **鈴木さんは眼鏡を<u>かけたまま</u>、お風呂に入っています。**

1) 鈴木さんはお風呂に入っています。時計をしています。

➡

2) 田中さんはお店でコーヒーを飲んでいます。自動車に子供を残しています。

➡

3) 母は寝ています。テレビをつけています。

➡

問題

4) 子供は帰ってしまいました。自転車は公園においています。

➡

5) 出かけました。部屋の電気をつけています。

➡

6) 寝たのでかぜをひきました。窓を開けました。

➡

7) 寝てしまいました。眼鏡をかけています。

➡

8) 外国人の友だちが家に入りました。靴をはいています。

➡

9) 先生に本を(かりる)、返すのをわすれていました。

➡

10) 電車を降りました。傘を電車の中に置いています。

➡

問題

v (意志形)と思う

例 今年の夏は、ハワイへ行く。

➡ 今年の夏は、ハワイへ行こうと思います。

1) 昼ご飯はうどんを食べる。

➡

2) 今度の夏休みは、毎日、家で勉強をする。

➡

3) お正月は家族と一緒に神社に行く。

➡

4) 明日もコンビニアでバイトをする。

➡

5) 来週(らいしゅう)の日曜日(にちようび)は、プールへ行(い)って泳(およ)ぐ。

➡

6) 今夜(こんや)は両親(りょうしん)に手紙(てがみ)を書(か)く。

➡

7) 疲(つか)れました。家(いえ)へ帰(かえ)ってから、まず、熱(あつ)いシャワーを浴(あ)びる。

➡

8) 時間(じかん)がありません。タクシーに乗(の)ります。

➡

9) 来学期(らいがっき)も日本語(にほんご)の勉強(べんきょう)を続(つづ)けます。

➡

10) 今晩(こんばん)は早(はや)く寝(ね)る。

➡

問題

様態(ようたい)そうだ

例(れい) 空(そら)を見(み)ると、(雨(あめ)が降(ふ)る)。

➡ 空(そら)を見(み)ると、雨(あめ)が降(ふ)りそうです。

1) この頃(ころ)(忙(いそが)しい)です。

➡

2) 病院(びょういん)に入院(にゅういん)していますが、(元気(げんき))です。

➡

3) この歌(うた)は(流行(はや)る)。

➡

4) あの本(ほん)は机(つくえ)から(落(お)ちます)。

➡

問題

5) まだ切(き)れていませんが、もうすぐこのひもは切(き)れます。

➡

6) あの学生(がくせい)はまじめです。

➡

7) ここには何(なに)もありません。

➡

8) 子供(こども)たちは楽(たの)しいです。

➡

9) 少(すこ)し読(よ)んだだけですが、この本(ほん)はおもしろいです。

➡

10) ここの環境(かんきょう)は子供(こども)にいいです。

➡

問題

様態そうに＋にv・い・な形容詞、様態そう＋な名詞

あの人は楽しいです。踊っています。

➡ あの人は楽しそうに踊っています。

あれはおいしいです。あれはりんごです。

➡ あれはおいしそうなりんごです。

1) あの人は楽しいです。話しています。

➡

2) あれはおいしいです。あれは料理です。

➡

3) キムさんのかばんは重いです。キムさんのかばん　　　　です。

➡

4) あの人は悲しいです。泣いています。

➡

5) 魚は気持ちいいです。泳いでいます。

➡

6) あの人は倒れます。立っています。

➡

7) 彼は偉いです。椅子に座っています。

➡

8) 外は暖かいです。いい天気です。

➡

9) 彼女は暇です。彼女は寝転んでいます。

➡

10) これはおもしろいです。これは本です。

➡

問題

可能動詞(かのうどうし)

例(れい) ラーメンを食(た)べます。

➡ ラーメンが食(た)べられます。

1) 明日(あした)の午前中(ごぜんちゅう)に会(あ)いますか。

➡

2) すみません、この水(みず)は飲(の)みますか。

➡

3) 彼(かれ)は日本(にほん)の歌(うた)を歌(うた)います。

➡

4) 今日(きょう)は暑(あつ)くて寝(ね)ません。

➡

5) 私(わたし)はこの漢字(かんじ)を読(よ)みます。

➡

6) 高橋(たかはし)さんはテニスをします。

➡

7) 外国人(がいこくじん)に韓国語(かんこくご)を教(おし)えます。

➡

8) 本(ほん)は何冊(なんさつ)まで借(か)りますか。

➡

9) あなたも明日(あした)の練習(れんしゅう)に来(き)ますか。

➡

10) この荷物(にもつ)は重(おも)くて持(も)ちません。

➡

問題

やりもらいの表現

あげる、もらう、くれる、さしあげる、いただく、くださる、やる

Ⅰ. 選択：次の言葉を適当な形にかえて（　　　　　　　）の中に入れてください。

1) 母はいつも私たちにおいしい料理を作って(　　　　)。

2) これは結婚祝いに中山さんから(　　　　　　　　)

テレビです。

3) 先生に私の発音を直して(　　　　　　　　　　)。

4) 私は妹にお土産を買って来て(　　　　　　　　)。

5) 父が私に買って(　　　　　　　)時計はこれです。

6) 先生に何を(　　　　　　　)たらいいでしょうか。

7) 私が先生から(　　　　　)本は、まだ読んでいません。

8) 1日に一回、花に水を(　　　　　　　)方がいいですよ。

問題

II. (　　)には助詞を、＿＿＿＿に適当は言葉を入れてください。

1) 斎藤さんは山田さん(　　)時計を＿＿＿＿＿＿＿＿。

2) ジョンさんはチンさん(　　)何を＿＿＿＿＿＿＿＿。

3) チンさんはジョンさん(　　)何(　　)＿＿＿＿＿＿か。

4) ジョンさんは(　　)プレゼント(　　)＿＿＿＿＿＿＿。

5) 私は山田さん(　　)マフラー(　　)＿＿＿＿＿＿＿。

6) 山田さん(　　)私(　　)マフラー(　　)＿＿＿＿＿＿。

7) 母は私(　　)鉛筆(　　)三本＿＿＿＿＿＿＿＿＿。

8) キムさんは学校(　　)賞状(　　)＿＿＿＿＿＿＿。

9) 学校はキムさん(　　)賞状(　　)＿＿＿＿＿＿＿。

10) 私は娘(　　)人形(　　)＿＿＿＿＿＿＿＿＿。

問題

11) 田中(たなか)さんは木村(きむら)さんに花(はな)をあげます。

➡ 木村(きむら)さんは田中(たなか)さん(　　)花(はな)(　　)＿＿＿＿＿。

12) 母(はは)は妹(いもうと)にお金(かね)をあげました。

➡ 妹(いもうと)は＿＿＿＿＿＿＿＿＿＿＿＿＿＿＿。

13) 友(とも)だちはマイクさんにネクタイをもらいました。

➡ マイクさんは＿＿＿＿＿＿＿＿＿＿＿＿＿＿＿。

14) 私(わたし)は佐藤先生(さとうせんせい)に日本語(にほんご)のテープをもらいました。

➡ 佐藤先生(さとうせんせい)は 私(わたし)(　　) 日本語(にほんご)の テープ(　　)

＿＿＿＿＿＿＿。

15) 私(わたし)の子供(こども)は田中(たなか)さんにお菓子(かし)やおもちゃなどをもらいました。

➡ 田中(たなか)さんは＿＿＿＿＿＿＿＿＿＿＿＿＿＿＿。

16) キムさんはあなたに何(なに)をもらいましたか。

➡ あなたは＿＿＿＿＿＿＿＿＿＿＿＿＿＿＿。

17) 私(わたし)は中村(なかむら)さんにプレゼントをもらいました。

➡ 中村(なかむら)さんは________________________________。

18) 林(はやし)さんは私(わたし)にビールをくれました。

➡ 私(わたし)は____________________________________。

19) 加藤(かとう)さんは毎朝(まいあさ)、花(はな)(　　)水(みず)(　　)_____________。

20) 私(わたし)は昨日(きのう)の晩(ばん)、犬(いぬ)(　　)ご飯(はん)(　　)_____________。

使役動詞

例 (先生)学生は作文を書きます。

➡ 先生は学生に作文を書かせます。

1) (母)私は学校へ行きます。

➡

2) (お母さん)子供は勉強します。

➡

3) (私)犬はボールをとります。

➡

4) (先生)学生は本を読みます。

➡

5) (お母さん)あかちゃんはミルクを飲みます。

➡

6) (母)妹は掃除をします。

➡

7) (大人)子供はタバコを吸いません。

➡

8) (先生)学生は九時に来ます。

➡

9) (父)弟は仕事を手伝います。

➡

10) (私)妹は部屋をかたづけます。

➡

問題

~と、……

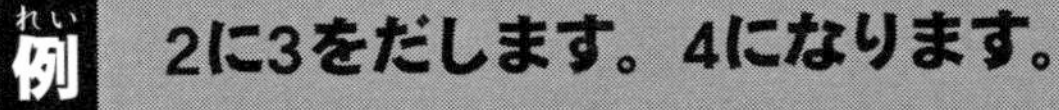

例 **2に3をだします。4になります。**

➡ 2に2をだすと、4になります。

1) 右にまがります。銀行があります。

➡

2) このボタンを押します。電気がつきます。

➡

3) このボタンを押しません。電気がつきません。

➡

4) KTXに乗ります。いつも、ソウルまで二時間で行きます。

➡

5) 薬を飲みます。いつも頭痛が治ります。

➡

6) 好きな音楽を聞きます。元気になります。

➡

7) 教室が静かです。勉強できます。

➡

8) 教室がうるさいです。勉強できません。

➡

9) 食べ過ぎます。お腹が痛くなります。

➡

10) 夏になります。毎年、海へ行きます。

➡

11) 春になります。花がさきます。

➡

12) 冬になります。川がこおります。

➡

13) 朝、早く起きます。気持ちがいいです。

➡

問題

14) 風邪(かぜ)をひきます。熱(ねつ)が出(で)ます。

➡

15) 出席(しゅっせき)が足(た)りません。単位(たんい)がとれません。

➡

16) 甘(あま)いものを食(た)べます。太(ふと)ります。

➡

17) 南山(なんさん)に登(のぼ)ります。ソウル市内(しない)が見(み)えます。

➡

18) この機械(きかい)はこのボタンを押(お)します。動(うご)きます。

➡

19) 李(り)さんはお酒(さけ)を飲(の)みます。いつも赤(あか)くなります。

➡

20) 暗(くら)いところで勉強(べんきょう)しています。目(め)が悪(わる)くなります。

➡

問題

~ば……

例 **眼鏡をかけます。見えます。**
➡ **眼鏡をかければ、見えます。**

1) ゆっくり話します。分かります。

➡

2) 辞書を使います。意味が分かります。

➡

3) 道が分かります。一人で帰れます。

➡

4) お酒がありません。ビールでもいいです。

➡

5) 安いです。買いたいです。

➡

問題

6) とてもおもしろいです。私もその本を読もう。

➡

7) 薬を飲みます。病気は治ります。

➡

8) 机に向かいます。居眠りを始めます。

➡

9) 冷蔵庫に入れます。腐りません。

➡

10) 外国へ行きます。新しい文化を知ることができます。

➡

11) 都合がいいです。今晩会いましょう。

➡

12) 東京へ行きます。パンだが見られます。

➡

13) 暑いです。クーラーのある図書館で勉強します。

➡

問題

14) 私が洗濯します。家内が喜びます。

➡

15) 引っ越しの荷物は少ないです。少ないほどいいです。

➡

16) 化粧をします。誰でもきれいになります。

➡

17) お金持ちになります。誰とでも結婚します。

➡

18) 一晩中遊びます。翌日のテストの点数は０点です。

➡

19) かんばります。必ず合格します。

➡

20) お金を払います。誰でも見ることができます。

➡

問題

~たら……

例 **お湯がわきます。火をとめてください。**

➡ **お湯がわいたら、火をとめてください。**

1) お湯がわきます。ポットに入れてください。

➡

2) 夏休みになります。国へ帰ります。

➡

3) 家に帰ります。あなたに電話をします。

➡

4) 今日、仕事が終わります。お酒を飲みに行きましょう。

➡

5) お酒を飲みます。車は運転しません。

➡

問題

6) よく勉強します。あなたは試験に通るでしょう。

➡

7) 彼女は病気です。私たちは旅行に行きません。

➡

8) その部屋が静かです。そこで仕事をします。

➡

9) 頭がいいです。この問題は簡単に分かります。

➡

10) 新宿駅まで来ます。あとは一人で帰ります。

➡

11) 暑いです。窓を開けてください。

➡

12) 飛行機が止まります。シートベルトをはずしてください。

➡

問題

13) 雨(あめ)です。行(い)きません。

➡

14) たくさんご飯(はん)を食(た)べます。ぶくぶく太(ふと)ります。

➡

15) 一日(いちにち)に五十本以上(ごじゅっぽんいじょう)タバコを吸(す)います。肺(はい)ガンになります。

➡

16) お金(かね)があります。商売(しょうばい)を始(はじ)めます。

➡

17) 日本語(にほんご)が分(わ)かりません。韓国語(かんこくご)を話(はな)します。

➡

18) トイレットペーパーがありません。困(こま)ります。

➡

19) 留学(りゅうがく)します。一生懸命(いっしょうけんめい)に勉強(べんきょう)します。

➡

20) アメリカに行きます。英語が上手になるでしょう。

➡

21) もし、一億円あります。まず、何をしますか。

➡

22) 男です(本当は男ではない）。何になりたいですか。

➡

23) 若いです(本当は年よりです)。マラソン選手になりたいです。

➡

24) 彼が死にます。私も死にます。

➡

25) いいです。一緒に行きませんか。

➡

問題

受身(うけみ)の表現(ひょうげん)

次(つぎ)の文(ぶん)を受身(うけみ)の表現(ひょうげん)にしなさい。

1) 母(はは)は私(わたし)をほめました。

➡

2) 先生(せんせい)は私(わたし)をしかりました。

➡

3) 友(とも)だちは私(わたし)にたのみました。

➡

4) 猫(ねこ)はさかなを食(た)べました。

➡

5) だれかが私(わたし)の足(あし)をふみました。

➡

問題

6) おばあさんは私(わたし)に道(みち)をききました。

➡

7) 猫(ねこ)はねずみをおいかけています。

➡

8) みんなはこの雑誌(ざっし)をよく読(よ)んでいます。

➡

9) 会社(かいしゃ)でこの機械(きかい)を使(つか)っています。

➡

10) 蚊(か)は私(わたし)をさしました。

➡

11) この重大(じゅうだい)な問題(もんだい)はまだ解決(かいけつ)していません。

➡

12) 卒業式(そつぎょうしき)は午前(ごぜん)九時(くじ)から行(おこな)います。

➡

問題

(　)の中の単語を主語として、次の文を受身の表現にしなさい。

13) (私) 子供が泣きました。

➡

14) 勉強しているとき、(私) 友だちが来ました。

➡

15) (彼女) 母が早く死にました。

➡

問題

敬語の表現(尊敬)

次の表を完成しなさい。できないときは×を書きなさい。

書く	1。お書きになる	2。書かれる	3。×
着る			
食べる			
飲む			
見る			
読む			
乗る			
帰る			
言う			
死ぬ			
いる			
行く			
来る			

問題

次の文を敬語の表現にしなさい。

1) （あなたは）どこへ行きますか。

➡

2) あなたは子供がありますか。

➡

3) あなたのお父さんはいつごろ死にましたか。

➡

4) 何時ごろ来てくれますか。

➡

5) あなたは金さんを知っていますか。

➡

敬語（謙譲）

次の文を謙譲の表現にしなさい。

1) 私がそれをしましょう。

➡

2) この問題がわからなかったので、先生にたずねました。

➡

3) きのう、私たちは先生の家へ行きました。

➡

4) 私は先生からの手紙を読みました。

➡

5) 私が（あなたのためにそのかばんを持ちます。

➡

問題

6) 私たちはフランス料理を食べました。

➡

7) もう夜遅いので、（私は）帰ります。

➡

8) 私が（私のために）、三時に電話をかけます。

➡

9) （私が）ここに座ってもいいですか。

➡

問題

文の並列

これはシャツです。あれはズボンです。

➡ これはシャツで、あれはズボンです。

1) あれは銀行です。これはレストランです。

➡

2) 学校の授業は月曜から金曜までです。学校の休みのは土曜と日曜です。

➡

3) 朝ごはんはパンでした。昼ごはんはラーメンでした。

➡

4) この肉は安いです。この肉はおいしいです。

➡

問題

5) このペンは太(ふと)いです。このペンは重(おも)いです。

➡

6) この町(まち)は静(しず)かです。この町(まち)は便利(べんり)です。

➡

7) この機械(きかい)はじょうぶです。この機械(きかい)は便利(べんり)です。

➡

8) 田中(たなか)さんは郵便局(ゆうびんきょく)で働(はたら)きます。山田(やまだ)さんは学校(がっこう)で働(はたら)きます。

➡

9) この動物(どうぶつ)は昼(ひる)、寝(ね)ます。この動物(どうぶつ)は夜(よる)、遊(あそ)びます。

➡

10) 安(やす)いのを買(か)いました。高(たか)いのは買(か)いませんでした。

➡

「～時(とき)、…」の文型(ぶんけい)

子供(こども)でした。その時(とき)、飛行機(ひこうき)のパイロットになりたかったです。

➡ **子供(こども)の時(とき)、飛行機(ひこうき)のパイロットになりたかったです。**

1) 大学生(だいがくせい)でした。その時(とき)、一生懸命(いっしょうけんめい)、勉強(べんきょう)しました。

➡

2) 戦争(せんそう)でした。家族(かぞく)はみんな安全(あんぜん)な所(ところ)へ行(い)きました。

➡

3) 円(えん)が安(やす)かったです。その時(とき)、日本(にほん)へ旅行(りょこう)に来(き)ました。

➡

問題

4) 今(いま)は忙(いそが)しいですが、いつか暇(ひま)です。その時(とき)、一緒(いっしょ)に遊(あそ)びに行(い)きましょう

➡

5) 元気(げんき)です。その時(とき)、また一緒(いっしょ)に走(はし)りましょう。

➡

6) 元気(げんき)でした。その時(とき)、毎日(まいにち)、がんばって勉強(べんきょう)しました。

➡

7) お金がありません。その時(とき)、両親(りょうしん)に手紙(てがみ)を書(か)きます。

➡

問題

例 ① **香港へ行きます。その時、電話をします。**

➡ **香港へ行く時、電話をします。**

② **香港へ行きました。その時、電話をします。**

➡ **香港へ行った時、電話をします。**

8) ご飯を食べます。その時「いただきます」といいます。

➡

9) ご飯を食べました。その時「ごちそうさまでした」といいます。

➡

10) 中国へ行きました。その時、中国の料理をたくさん食べたいです。

➡

11) バスに乗ります。その時、切符を買います。

➡

問題

「～v（ます形）に·いく·くる·かえる」

例 あした、泳ぐ、海へ行く

➡ 海へ泳ぎに行きます。

1) 毎日、勉強する、学校へ来る

➡

2) いつも、本を買う、この店に来る

➡

3) いまから、ごはんを食べる、家に帰る。

➡

4) きのう、本を読む、図書館に行く

➡

5) 先週、両親に会う、国に帰る

➡

問題

「～ている」の表現

例 **①ごはんをたべます ②ごはんを食べています**
③ごはんを食べました

1) ①走ります ②今、＿＿＿＿＿＿＿ ③走りました

2) ①映画を見ます ②今、＿＿＿＿＿＿＿＿＿＿
③映画を見ました

3) ①音楽を聞きます ②今、＿＿＿＿＿＿＿＿＿
③音楽を聞きました

4) ①雨が降ります ②今、＿＿＿＿＿＿＿＿＿＿
③雨が降りました

5) ①料理を作りました ②今、＿＿＿＿＿＿＿＿
＿＿ ③料理を作りました

問題

例 **花がさきました。**
➡ **花がさいています。**

6) 田中さんは椅子にすわりました。

➡

7) この鳥は死にました。

➡

8) 木の葉が全部落ちました。

➡

9) 新しい言葉を覚えました。

➡

10) 父が東京に来ました。

➡

11) 兄はアメリカへ行きました。

➡

12) ヤンさんは銀座に店を開きました。

➡

問題

「～なる」の表現

例 のように「～なる」を使って、文を作りました。

赤ちゃん、(小さい→大きい)

➡ **赤ちゃんは大きくなりました。**

1) ジョンさん、(病気→元気)

➡

2) カンさん、(日本語がわからない→日本語がわかる)

➡

3) みんな家へ帰って、(にぎやか→静か)

➡

4) 冷蔵庫に入れて、ビール、(ぬるい→つめたい)

➡

問題

5) 文法(ぶんぽう)、(やさしい→むずかしい)

➡

6) 赤(あか)ちゃん、(歩(ある)かない→歩(ある)く)

➡

7) 掃除(そうじ)して、(きたない→きれい)

➡

8) (午前(ごぜん) 9 時(じ)→午後(ごご) 3 時(じ))

➡

9) ピアノの練習(れんしゅう)をして、(下手(へた)→上手(じょうず))

➡

10) 一生懸命(いっしょうけんめい)に勉強(べんきょう)して、田中(たなか)さん、(学生(がくせい)→医者(いしゃ))

➡

問題

「～てしまう」の表現(ひょうげん)

例(れい)　料理(りょうり)はまだありますか。(食(た)べる)

➡　いいえ、全部(ぜんぶ)、食(た)べてしまいました。

1) 宿題(しゅくだい)はまだありますか。(する)

➡

2) 本(ほん)はもう読(よ)みましたか。(読(よ)む)

➡

3) 汚(よご)れたお皿(さら)はまだありますか。(洗(あら)う)

➡

4) お酒はまだありますか。(飲(の)む)

➡

5) 砂糖(さとう)はまだありますか。(使(つか)う)

➡

問題

6) ゴミはまだありますか。(捨てる)

➡

7) 新しい漢字をもう覚えましたか。(覚える)

➡

8) クリスマス・カードをもう書きましたか。(書く)

➡

9) 引越しの荷物をもう送りましたか。(送る)

➡

10) この本はもう勉強しましたか。(勉強する)

➡

11) 「けがをしたんですか。」(ナイフで手を切る)

➡

12) 「本を持ってきましたか。」(忘れる)

➡

問題

「どうしたんですか。」(お皿を割る)

➡ 「お皿を割ってしまいました。」

13) 「お腹が痛いんですか」(犬のえさを間違えて、食べる)

➡

14) 「定期券を持っていないんですね。」(どこかで落とす)

➡

15) 「きのうの試合は勝ちましたか。」(負ける)

➡

「～たり～たり」の表現

例 **日曜日はいつも何をしますか。（洗濯をする、掃除をする）**

➡ **日曜日はいつも、洗濯をしたり、掃除をしたりします。**

1) いつも学校で何をしますか。（先生の話を聞く、会話を覚える）

➡ いつも学校で、

2) 居酒屋でみんな何をしますか。（飲む、食べる、歌を歌う、話をする）

➡ みんな、

3) このボタンを押すと、どうなりますか。(電気がつく、消える)

➡ 電気が、

4) きのうの晩は何をしていましたか。(弟と遊ぶ, 宿題をする)

➡ きのうの晩は,

5) きのうの晩お母さんは何をしていましたか。(料理を作る、弟の世話をする)

➡ 母は、

6) 警察官はどんなことをする人ですか。(どろぼうを捕まえる、道を教える)

➡ 警察官は、

問題

テストの成績はいつもいいですか。(いい、悪い)

➡ **いいえ、テストの成績はよかったり、悪かったりです。**

7) いつも佐藤さんは９時半に来ますか。(９時半に来る、来ない)

➡

8) インドネシアの天気はどうでしたか。(晴れる、曇る)

➡

9) いつもあなたが掃除しますか。(母がする、私がする)

➡

10) あの人の言うことはいつもわかりますか。(わかる、わからない)

➡

問題

命令の表現

例 勉強してください。

➡ いいえ、テストの成績はよかったり、悪かったりです。

1) 買ってください。

➡

2) 聞いてください。

➡

3) 読んでください。

➡

4) 走ってください。

➡

5) やめてください。

➡

6) 服を着てください。

➡

問題

7) かばんを持(も)ってきてください。

➡

8) 早(はや)く起(お)きてください。

➡

9) 車(くるま)から降(お)りてください。

➡

10) お金を送(おく)ってください。

➡

例(れい) たばこを吸(す)わないでください。

➡ たばこを吸(す)うな。

11) 宿題(しゅくだい)を忘(わす)れないでください。

➡

12) けんかをしないでください。

➡

問題

13) 道路(どうろ)で遊(あそ)ばないでください。

➡

14) 声(こえ)を出(だ)して泣(な)かないでください。

➡

15) これを食(た)べないでください。

➡

16) 人(ひと)のものをとらないでください。

➡

17) この機械(きかい)に触(さわ)らないでください。

➡

18) 人(ひと)の手紙(てがみ)を読(よ)まないでください。

➡

19) ろうかを走(はし)らないでください。

➡

20) 今(いま)、レコードを聞(き)かないでください。

➡

「ところ」の表現

もう家を出ましたか。(いいえ、今)

➡ いいえ、今、家を出るところです

1) もうご飯を食べましたか。(いいえ、今)

➡

2) もう手を洗いましたか。(いいえ、今)

➡

3) 料理はできましたか。(いいえ、今 作る)

➡

4) まだ、仕事を続けますか。(いいえ、今、帰る)

➡

問題

5) 弟さんは何をしていますか。(一生懸命、勉強しています)

➡

6) まだ行かないんですか。(ええ、キムさんを待っています)

➡

7) どちらが勝ちましたか。(まだわかりません、今、見ています)

➡

8) 山田さんは来ていますか。(ええ、今、みんなとお酒を飲んでいます)

➡

問題

例 **勉強は終わりましたか。(はい)**

➡ はい、終わったところです。

9) ご飯はもう食べましたか。(はい)

➡

10) この本はもう読みましたか。(はい)

➡

11) いつ、ここへ来ましたか。(ちょうど、今)

➡

12) 地震があったそうですね。(はい、ちょうど今ニュースで聞きました)

➡

13) もう起きましたか。朝ですよ。(はい)

➡

14) 加藤さんはまだ会社にいますか。(ちょうど今出掛けます)

➡

意志「～ようと思う」の表現

のように(　　　　)の言葉を使って、答えなさい。

この車を買いませんか。(とても、古いので、)

➡ **いいえ、とても古いので、買おうとは思いません**

1) もの海で、泳ぎませんか。(この海は汚ないので、)

➡

2) この料理を食べませんか。(もう冷たくなっているので、)

➡

3) あの映画はもう一回見ませんか。(一回見て、おもしろくなかったから、)

➡

問題

4) あの会社(かいしゃ)で働(はたら)きませんか。(あそこは給料(きゅうりょう)が安(やす)いから、)

➡

5) 家(いえ)で料理(りょうり)を作(つく)りますか。(一人(ひとり)だけで、めんどうなので、)

➡

6) オートバイは便利(べんり)ですよ。乗(の)りませんか。(危(あぶ)ないから、)

➡

7) この服(ふく)は着(き)てみませんか。(デザインが悪(わる)いから、)

➡

8) ジャンさんと結婚したいですか。(とてもけちだから、)

➡

9) またいつか、この店に来ますか。(味も悪いし、サービスもひどいし、)

➡

10) 日本へ旅行に行きませんか。(今は円が高いから、)

➡

‘문장으로 익히는 일본어’

'문장으로 익히는 일본어'

초판인쇄 2010년 2월 11일
초판발행 2010년 2월 25일

저자 김남숙
발행 제이앤씨
등록 제7-220호

주소 서울시 도봉구 창동 624-1 현대홈시티 102-1206
전화 (02) 992-3253(대)
팩스 (02) 991-1285
전자우편 jncbook@hanmail.net
홈페이지 http://www.jncbook.co.kr
책임편집 이혜영

ISBN 978-89-5668-764-3 93830 정가 12,000원

이 책은 한양여자대학교 2008학년도 1학기 교내학술지원연구비에 의해 발행된 것임.